中華教育

詩詞之美
帶你讀

王濤 策劃　王欐嫻 編著

3

走一趟文學大觀園：
怎樣閱讀這本書？

1. 本系列精選漢代至元代著名詩、詞、曲一百五十餘首，都是中國詩、詞、曲精品中的精品。本系列共分三冊，本書為第三冊，收錄漢代至元代作品五十一篇。

2. 本書主要目的在於引導讀者感受、體悟、欣賞、品鑒古典詩詞曲之美。並將感受、體悟、欣賞、品鑒所得，融入到自己的學習和生活，提高文化水平，提升人生修養。

3. 每首作品正文，分為兩個部分：【詩詞自己讀】目的在讀懂、讀通作品；【詩詞帶我讀】，包含相關文學知識、內容聯想、優美短文、金句品鑒、使用指導等，加深對作品的認識、欣賞和運用。

4. 每一首詩、詞、曲作品皆有原文與白話文翻譯的對照，以及字詞解析。

5.【詩詞小知識】包括作者生平、撰寫背景、文體知識、擴展閱讀，為青少年讀者提供多種多樣、富於趣味的中華古典文化知識。

6.【讀完想一想】在引導讀者讀原作的同時，聯繫實際生活，作些思考，抒發些感想。【金句學與用】以作品中膾炙人口的名句，點示出生命哲理與人文情懷。兩者尤其能豐富青少年讀者在成長中的人生體會，寫作學習中的文字的錘煉。

目錄

長歌行[1]

漢　佚名

青青園中葵[2]，朝露待日晞[3]。

陽春[4]佈德澤，萬物生光輝。

常恐秋節[5]至，焜黃[6]華[7]葉衰[8]。

百川東到海，何時復西歸。

少壯[9]不努力，老大[10]徒[11]傷悲。

註釋

1. 長歌行：漢樂府名。
2. 葵：冬葵，我國古代重要蔬菜之一，可入藥。
3. 晞：乾燥，曬乾。
4. 陽春：温暖的春天。
5. 秋節：秋季。
6. 焜黃：草木枯黃的樣子。
7. 華：同「花」。
8. 衰：凋落。為了押韻，這裏可以按古音讀作「崔」。
9. 少壯：年輕力壯，指人的青少年時代。
10. 老大：年紀大了，老了。
11. 徒：白白地。

這首詩詞講甚麼?

小園裏碧綠的冬葵,拂曉時分葉片上滾動着晶瑩的露珠。太陽一出,露珠就不見了。

温煦的春天,陽光、雨水,和風滋養着萬物,植物開始生枝長葉,百花齊放。一派生機勃勃的景象。

但是季節輪換,春天不會永駐。等到秋季來臨,樹葉枯黃,百花縮首,花和葉都會衰敗凋零。

所有的江河都向東流,最終匯入大海,怎麼可能再往西流回來呢?

人生也是如此的啊!年輕時不付出努力,老了的時候,心裏白白地悲傷,但已經來不及再有所作為了。

讀完想一想!

本詩講述的主旨是甚麼?它總共用了幾個意象來說明想要表達的道理?

詩詞帶我讀

詩詞中的美景

　　自古以來，有多少詩文歎息人生苦短啊！

　　曹操的《短歌行》就說：「對酒當歌，人生幾何？譬如朝露，去日苦多。」

　　李白在《將進酒》中這麼勸勉：「君不見，黃河之水天上來，奔流到海不復回。君不見，高堂明鏡悲白髮，朝如青絲暮成雪。」

　　人生苦短，轉眼就是百年。既然生命有限，自然規律不可逆轉，那麼只有使有限的生命發出最大的光和熱，等到年老才會沒有遺憾。

　　看那小園中碧綠的冬葵，春天長出，亭亭玉立。夏季繁茂，正好採食。拂曉時分，葉片上露珠滾動，晶瑩剔透。好一派生機勃勃的景致！可是轉瞬間，太陽升起，陽光照耀，冬葵葉子上的露珠，就會立即消失。生命啊，也像露珠，從宇宙宏大的角度看，實在是短暫。

　　溫煦的春天，陽光、雨水和風滋養着萬物。花草迅速地生出，漫山遍野，勢不可擋。竹林裏，竹筍鑽出地面，節節升高，很快就遍佈竹林。各種花兒盛開，萬紫千紅，芳姿百態，美不勝收。這多像人的青少年時期，體魄健壯、精神果敢，朝氣蓬勃，蓄勢待發。如即將離弦的箭一樣，隨時準備射向理想的遠方。

　　可是四季輪迴，春去夏至。熱烈的夏天也要過去，蕭瑟的秋天來臨了。

　　秋風起兮百草黃，草木搖落露為霜。夏的露珠，變成了秋的白霜。

瑟瑟風寒，無邊落木蕭蕭下。羣花縮首，不見了柳綠花紅。

樹葉枯萎，花兒衰敗，要想再見春天，只有等待來年了。

那「野火燒不盡，春風吹又生」的春天，依然會如約到來。然而我們的生命，真的可以輪迴嗎？真的有來生嗎？真的會像花草那般，萎謝了再復甦嗎？

數不清的江河一律向東流，最終流到大海。太陽落下可以再次升起，與大海匯合的江河，哪裏能夠再往西流回來呢？

生命只有一次。由小到大，到衰老，死亡終會降臨。蠟燭熄滅，不會再燃。人死不能復生。為甚麼有人死得坦然，而有的人死得遺憾呢？

有人在青壯年時，努力過，奮鬥過，給一生奠定了良好的基礎，那麼老死將至時，完成了人生目標，內心就無遺憾了。而有人少壯時懵懵懂懂，不求進取，壯志未酬，等到白髮蒼蒼，後悔也來不及了。

人生一世，草木一秋。有志的青少年，需勤奮努力，不要等年老了，才白白地歎息悲傷吧。

　　《長歌行》是漢樂府中的一首詩，屬相和歌辭。樂府本是漢代掌管音樂的政府機關名稱，最早設立於漢武帝時，南北朝也有樂府機關。其具體任務是製作樂譜，從各地收集歌詞和訓練音樂人才。人們將樂府機關採集的詩篇稱為「樂府」，或稱樂府詩、樂府歌辭，樂府詩共分為郊廟歌辭、燕射歌辭、鼓吹曲辭、橫吹曲辭、相和歌辭、清商曲辭、舞曲歌辭、琴曲歌辭、雜曲歌辭、近代曲辭、雜歌謠辭和新樂府辭等 12 大類，既有朝廷禮儀祭祀所用的樂章，也有民歌與文人創作出來可以吟唱的詩篇。後來人們按照樂府古辭的曲調或題目創作不配樂的詩歌，於是樂府便由官府名稱變成了詩體名稱。

金句學與用

少壯不努力，老大徒傷悲。

　　這兩句詩非常直接淺白，說明了人應當趁着精力和頭腦最好的青少年時期多多努力，做出一番成績，這樣到了年邁的時候，才不會為浪費的青春後悔。寫議論文時，若要闡明努力學習，珍惜青春的觀點，可以引用這兩句。

雞鳴（節選）

漢　佚名

桃生露井[1]上，李樹生桃旁，
蟲來齧[2]桃根，李樹代桃僵。
樹木身相代，兄弟還相忘！

註釋

1. 露井：沒有蓋的水井。
2. 齧：咬。

一棵桃樹長在水井旁。一棵李樹長在桃樹旁。

蟲子來咬桃樹的根，李子樹代替桃樹被蟲咬而僵死。

樹木可以以自己的身體代替其他樹木去僵死，親兄弟間卻可以相互忘記，老死不相往來。

讀完想一想！

這首詩引申出「李代桃僵」這個成語，古代這個詞的意思是通過李樹代替桃樹被蟲咬死，諷刺親生兄弟之間卻不能互助互愛。但現在這個詞語的意思已經引申為代人受過。你還知道哪些現代詞義和古代詞義有所不同的成語？

詩詞帶我讀

詩詞中的美景

　　「李代桃僵」是個成語。自古以來，動物之間，生死關頭見義勇為，搭救同伴的事例不在少數。即便是異類之間，也不乏相互親愛，相互幫助的故事。

　　這首樂府詩歌，說的卻是植物之間的一段佳話。

　　一棵桃樹長在一口水井旁邊。一棵李子樹長在這棵桃樹旁邊。桃樹的根，粗壯而比較稀少。李子樹的根比較細而繁多。

　　這兩棵樹相距不算遠，因而在地面之下，它倆的根系就糾纏在一起，盤根錯節，緊緊地纏繞不清。但李子樹的多數根系只能環繞着桃樹外部的根系，所以它吸收的水分和養分就比桃樹要少得多。

　　因此，桃樹根深葉茂，生命力很強大。李子樹比起桃樹來，生命力就顯得弱小些。

　　遇到了大旱之年，整個夏天一場雨都不下，一滴雨水都沒有。乾旱季節，蟲子最容易滋生。不管是桃樹的粗根，還是李子樹的細根上都有了蟲子。桃樹的抵抗能力都比李子樹要強大，因此，蟲子迅速地在李子樹根上繁殖起來。

　　最後，李子樹就僵死了。桃樹因為李子樹而躲過了一劫。

　　這就是「李代桃僵」的故事。

　　所以，植物之間一棵樹可以頂替另一棵樹去死亡。人們不由得這麼想了：人世間，親兄弟的情感應當比植物更濃厚啊！

可是，偏偏有些親兄弟，他們因為一些事情互不相讓，最後爭執得恩斷義絕，以至於老死不相往來。這哪裏比得上桃樹和李子樹之間的那種富於犧牲的精神呢？

作者無疑在譴責那些不顧手足之情而相互踐踏甚至相互殘殺的敗類。我們是不是應當和親人相互幫助、相互扶持，一同走向光明的世界呢？

詩詞小知識

漢樂府是中國傳統文學的寶庫，它貢獻了許多的成語和典故，豐富了我們今天的語言表達。讀者們可以看一看，以下來自漢樂府的成語中哪些是你們所熟悉的？試着在作文與日常對話中使用。

堅如磐石：出自《孔雀東南飛》「磐石方且厚，可以卒千年」，比喻像大石頭一樣堅固不可動搖。

及時行樂：出自《西門行》「夫為樂，為樂當及時」，意思是要抓緊機會享受快樂。

狹路相逢：出自《相逢行》「相逢狹路間，道隘不容車」，後來比喻有仇怨的人不巧相遇。

水清石見：出自《豔歌行》「語卿且勿眄，水清石自見」，比喻搞清楚情況，也就明白了問題的性質。

金句學與用

樹木身相代，兄弟還相忘！

　　這兩句詩是通過樹木互相犧牲的例子，反襯人不如樹。在寫作中，常見以動物、植物的例子與人的行為對照，來達到說理的目的。

江南可採蓮

漢　佚名

江南可採蓮，蓮葉何田田[1]。

魚戲蓮葉間。

魚戲蓮葉東，魚戲蓮葉西，

魚戲蓮葉南，魚戲蓮葉北。

註釋

1. 田田：形容荷葉碧綠茂盛、片片相連的樣子。

這首詩詞講甚麼？

江南是個好地方，處處是湖泊。湖裏種植着蓮荷。

到了夏季，可以採蓮的時候，那無邊無際的蓮葉匯成一片碧綠的海洋，茂盛青翠。荷花亭亭玉立於蓮葉之間。

魚兒在水中歡快自由地游來游去。

看那魚兒在蓮葉之間遊玩；牠們在那蓮葉東邊嬉戲；在那蓮葉西邊遊玩；又在那蓮葉南邊嬉戲；還在蓮葉北邊遊玩。

魚兒在種滿蓮花的湖裏，多麼快活啊！

讀完想一想！

本詩最後五句寫了魚在荷塘內四處游弋的畫面，你覺得這樣寫會重複嗎？為甚麼？

詩詞中的美景

「接天蓮葉無窮碧，映日荷花別樣紅。」這是大詩人楊萬里歌詠西湖蓮荷的詩。

在江南有很多蓮荷。每到夏天，它們生長得茁壯茂盛，也是適宜採摘它們的時候了。

那蓮葉層層疊疊、密密麻麻地露出水面。每一片都又大又圓，青翠欲滴。清晨時分，蓮葉上露珠滾動。荷花朵朵，亭亭玉立，陽光下分外豔紅。

遠遠望去，滿湖碧綠的蓮葉浮出水面，隨風輕輕搖擺。紅紅的荷花映襯着蓮葉，佔據了整個湖面，看上去竟像在仙境一般，令人着迷。

荷不僅壯美得神奇，還都渾身是寶啊！

蓮葉、蓮子既可食用，也可入藥。蓮藕更是一道美味佳餚。

所以，夏季來臨，人們就要搖着小船，到湖裏去採蓮了。

那些青年男女，划着槳兒，快捷伶俐地撥開蓮葉，在湖裏悠遊自如地採摘蓮葉和蓮子。豐收了，皆大歡喜。他們唱着歌，愉悅的心情溢於言表。彼此間談笑着，歡聲笑語飄盪在蓮湖中。

也許其中還有幾對情侶吧。小伙子健壯伶俐，女兒家聰明秀麗。他們一起搖船，一起採蓮，邊說笑着。小船熟練地穿梭於蓮葉之間，採來的東西一會兒就堆滿了小船。

　　魚兒輕捷地在蓮葉下面遊玩嬉戲。一會兒游到東邊，一會兒游到南邊，忽而又去西邊遊玩，忽而又去北邊了。

　　多麼自由自在的生靈，多麼清新明媚的景象啊！

　　好一幅江南採蓮圖；好一幅魚兒戲蓮圖；好一幅靈動活潑的畫面啊！這是自然和人和動物的和諧交織的畫面啊！

詩詞小知識

　　江南水網廣佈，多種植蓮、菱角、茡菜等水生植物。自古以來，採摘這些植物就是農業生產活動的一部分，從中亦產生出許多民歌。本詩的靈感就是來自於百姓採摘蓮子蓮花時唱的民歌。到了漢魏六朝，青年男女都可參加的採蓮就不單純指農業活動了。和《詩經》中《關雎》主人翁藉採摘水草野菜表達思慕佳人之心一樣，「採蓮」這一活動加入了愛情的內涵。「蓮」諧音「憐」，「蓮子」即「憐子（喜愛你）」，它們成為了表達愛情的象徵。很多這個時期的採蓮詩歌，也就有了情歌的意味。比如南朝樂府《西洲曲》中寫到：「採蓮南塘秋，蓮花過人頭。低頭弄蓮子，蓮子清如水。」《子夜四時歌·夏歌》寫到：「朝登蓮台上，夕宿蓮池裏。乘月採芙蓉，夜夜得蓮子。」

　　後來的朝代延續闡發了採蓮這個母題，分出了表達戀情、表達離別之情、讚美採蓮女或跳《採蓮》舞蹈的舞女，以及思念江南家鄉等不同主題。

金句學與用

魚戲蓮葉間。
魚戲蓮葉東，魚戲蓮葉西，
魚戲蓮葉南，魚戲蓮葉北。

　　這五句看似重複，但寫出了魚兒四處游動靈活的模樣，給人以深刻印象，而且這首詩脫胎於民歌，反覆句式就起到了一唱三歎的效果。

詩詞自己讀

飲馬長城窟行

漢　佚名

青青河畔草，綿綿[1]思遠道。

遠道不可思[2]，宿昔[3]夢見之。

夢見在我傍，忽覺在他鄉。

他鄉各異縣，輾轉不相見。

枯桑[4]知天風，海水知天寒。

註釋

1. 綿綿：連綿不斷的樣子。
2. 遠道不可思：說的是在外的人遠在天涯海角，想念也沒辦法。
3. 宿昔：昨夜。
4. 枯桑：落了葉的桑樹。這一句與下一句，合在一起的意思就是主人翁思念征人的心情，實在是如人飲水，冷暖自知。

入門各自媚[5]，誰肯相為言。

客從遠方來，遺[6]我雙鯉魚。

呼兒烹鯉魚，中有尺素書。

長跪[7]讀素書，書中竟何如。

上言加餐食[8]，下言長相憶。

5. 媚：相親相愛。
6. 遺：音同「惠」，是贈送、送給的意思。
7. 長跪：跪坐，上半身挺直，以示恭敬。
8. 上言加餐食：亦作「上言加餐飯」，意思是信中首先寫希望妻子好好吃飯，保重身體。

這首詩詞講甚麼？

　　河岸上綿延不絕的青青草啊，就像我對遠征邊關的夫君綿長的思念。

　　思念夫君也沒有用啊，就不用想了吧。但是昨夜卻夢到了他。

　　夢中他在我身旁。忽然我醒了，他還是在遠方。我倆天各一方，相隔遙遠。漂泊在外的夫君，不能相見。

　　落盡了樹葉的桑樹，也能感覺到大風在吹。海水雖然沒有結成冰，也知道天氣的寒冷。傍晚，操勞一日的人們都回了各自的家，和家人團聚了。誰會與我談談夫君的消息呢？

　　有一天，邊關來的客人帶給我一個雙鯉魚形狀的木盒。趕緊叫僮僕打開盒子，裏面裝着尺把長的素絹書信。

　　恭恭敬敬地跪坐讀夫君的書信。信裏究竟寫了些甚麼呢？上段說的是要好好吃飯保重身體，下段說的是永遠相互思念，永不變心。

讀完想一想！

　　本詩最後的八句，有人認為女主人翁收到信並且讀信的經歷是真實的，也有人認為這是主人翁思念丈夫而產生的想像，你更傾向於哪一種說法？你傾向的說法在藝術上有甚麼好處？

詩詞中的美景

　　歷代的戰亂和動盪，給百姓人家帶來多少苦難啊！遠征的男子離家千里，交通不便，音書難達，多少妻子獨守空房，盼望團聚的那一天啊！

　　春天，一位少婦，在小河邊散步。她因總是形單影隻而內心抑鬱不歡。河水淙淙流淌。河岸上綿延不絕的青青草，順着河流一直到很遠的前方。她不由得想到遠征邊關的夫君。分離那麼久，她每時每刻都想着他，這思念也是綿綿不斷的啊！

　　他此刻在做些甚麼？他還安好嗎？既然夫君回不來，那麼，總是念念不忘又有甚麼用呢？

　　少婦歎了口氣：唉，那麼遙遠，就不要想了吧。可是，昨夜他確實出現在自己身邊。她隨他各處走，兩人輕言細語，甚是歡喜。忽然，她醒來了，才知道原來是一場夢。

　　夫君依然漂泊在外，駐守在邊關，與自己相隔千里之遙，根本無法見面。

　　落盡了葉子的桑樹，也能感知大風狂勁的吹拂。廣闊的海水結不成冰，也能知道天寒地凍。氣候變化了。我倆雖不在一處，你也該了解我對你苦苦的想念吧？人非草木，孰能無情？哪怕捎回一封書信也好啊！

　　可憐她日日無伴，獨來獨往。思君君不在，奈何，奈何？烽火連三月，家書抵萬金。書信也難以送達啊！

　　每天傍晚，人們操勞了一日，都急急地走進自家的門，與家人團聚去了。有誰過來看望她，談談夫君的情況呢？這位年輕貌美的婦人，怎就如此孤單，忍受着夫君遙遙無歸期的痛苦呢？

　　終於盼來了這一天：從邊關來的客人，帶來一個雙鯉魚的木盒子。女主人翁趕緊叫僮僕打開，裏面裝有尺把長的素絹書信。

　　女主人翁的那份驚喜自不必說，於是恭恭敬敬地跪坐下來，懷着忐忑的心情，仔細地讀那封信。

　　信中寫了些甚麼？上一段說的是讓她保重身體好好吃飯；下一段丈夫說與她永遠相互思念，永不變心。

　　信讀完了，她心裏的一塊石頭總算落了地。夫君仍然記掛着自己，願與自己常相好。這是很欣慰的。

　　可是，他何時歸來，信中並未提及。就是說，他目前不知道何時能歸來，也無法告訴她準確的日期。少婦於是雙眉緊蹙，淚下如雨，內心又憂傷起來了。

　　古來征戰幾人回？殘酷的戰亂啊！

詩詞小知識

　　《飲馬長城窟行》是漢樂府詩的題目，《文選》對其的解釋是：秦代建造的抵禦胡人的長城下有泉窟，可以讓戰馬喝水休息。出征戍邊的士兵路過此地，想到戰事不休歸家無望，家裏的妻子思念丈夫，感到非常傷心，才有了以此為題的作品。讓我們把時代稍往後推到東漢時期，有一首名為《行行重行行》的詩，在立意、內容和遣詞用句上都與本詩相當接近：

> 行行重行行，與君生別離。
>
> 相去萬餘里，各在天一涯。
>
> 道路阻且長，會面安可知？
>
> 胡馬依北風，越鳥巢南枝。
>
> 相去日已遠，衣帶日已緩。
>
> 浮雲蔽白日，遊子不顧反。
>
> 思君令人老，歲月忽已晚。
>
> 棄捐勿復道，努力加餐飯。

　　那麼這首詩和《飲馬長城窟行》有甚麼不同呢？最顯著的區別在於它們文體上的區別。《飲馬長城窟行》屬於樂府詩，是從漢武帝時期設立的樂府採集來的民間歌詞演變而來的，可以配樂吟唱，句式長短自由，不限句子數目，對押韻亦沒有嚴格的要求。《行行重行行》則是五言古詩。這裏的古詩不是我們現在指代的，廣義上古代人寫的詩歌，而是一種興起於兩漢，在六朝發揚光大的詩體，與唐代之後注重格律的近體詩相對比，也被稱作「古體詩」。古體詩是文人士大夫創作出來的，和樂府詩一起被譽為「漢代詩歌雙璧」。它不配樂，不嚴格講究平仄與對仗，雖然相較於更早期的樂府詩有押韻，但並不十分嚴格。古詩最基本的形式是五言和七言，也有四言、雜言等形式。因此，這兩首詩是基於同一個主題，在不同文體上的發揮，你可以比較一下它們在敘述角度、內容結構與比興手法上的異同。

金句學與用

枯桑知天風，海水知天寒。

　　這兩句詩運用了比興的手法，從對日常事物的觀察與發想，抒發作者的感受。

短歌行

漢　曹操

對酒當歌[1]，人生幾何[2]！

譬如朝露，去日苦多。

慨當以慷[3]，憂思難忘。

何以解憂？唯有杜康[4]。

呦呦鹿鳴，食野之苹。

我有嘉賓，鼓瑟吹笙。

註釋

1. 對酒當歌：一邊喝酒，一邊唱歌。當，面對的意思。
2. 幾何：多少。
3. 慨當以慷：指宴會上歌聲慷慨激昂。當，應當的意思。
4. 杜康：相傳是最早造酒的人，這裏代指酒。

明明如月，何時可掇[5]？

憂從中來，不可斷絕。

越陌度阡，枉用相存[6]。

契闊談讌[7]，心念舊恩。

月明星稀，烏鵲南飛。

繞樹三匝，何枝可依？

山不厭高，海不厭深。[8]

周公吐哺[9]，天下歸心。

5. 掇：拾取，摘取。
6. 枉用相存：讓人才屈尊來拜訪。用，以。存，問候。
7. 契闊談讌：賓主盡歡，非常投合地宴飲聊天。
8. 山不厭高，海不厭深：這裏是借用《管子·形解》中的話，原文是：「海不辭水，故能成其大；山不辭土，故能成其高；明主不厭人，故能成其眾；士不厭學，故能成其聖。」意思是表示希望儘可能多地接納人才。
9. 周公吐哺：《史記》說周公為了不錯失人才，洗一次頭髮要握起頭髮三回接待客人，正在吃飯也要三次吐出正在咀嚼的食物去和賢人見面。這裏曹操自比周公，體現他渴求賢才，建功立業的心情。

這首詩詞講甚麼？

面對桌上的美酒，要高聲歌唱。人生能有多長呢？就像早晨的露珠一樣短暫。一天天的，過去得太快。

我們應當以激昂慷慨的態度面對人生。即使這樣，心中的憂愁仍然難以忘懷。用甚麼方法能夠消除憂愁呢？只有痛飲美酒才行啊！

那穿着青色領子衣衫的學子啊，我求賢若渴，朝思暮想。因為您的緣故，讓我思慕至今。

鹿羣呦呦歡鳴，悠然自得吃着艾蒿。一旦賢才光臨，我將奏瑟吹笙宴請嘉賓。當空懸掛的皓月喲，甚麼時候才能觸碰到？我久蓄於懷的憂憤喲，突然噴湧而出匯成長河。

遠方賓客穿過縱橫交錯的小路來探望我。彼此久別重逢談心宴飲，爭着將往日的情誼訴說。

月光明亮星光稀疏，一羣尋巢烏鵲向南飛去。繞樹飛了三周卻沒有落下，哪裏才有牠們棲身之所？

高山不嫌棄土石才變得巍峨，大海不拒絕涓涓細流才顯得壯闊。我願如周公一般禮賢下士，願天下的英傑真心歸順我。

讀完想一想！

本詩中「青青子衿」四句和「呦呦鹿鳴」四句，是引用了《詩經》的詩句，請問用在這裏有甚麼用處？

詩詞帶我讀

詩詞中的美景

　　這首詩歌，是雄才大略的漢代詩人、軍事家曹操著名的傳世之作。

　　生逢亂世的曹操，目睹百姓顛沛流離，生靈塗炭，他不勝憤懣，隨即渴望建功立業，結束亂世，造福於黎庶。因而賦《短歌行》一首，抒發人生苦短的感慨：

　　諸位，面對桌上的美酒，要敞開胸懷，豪放地痛飲一番！

　　人生苦短，轉眼就是百年。就像那清晨的露珠，瞬間就被初升的太陽曬乾了。日出日落，光陰飛快地輪轉。一天又一天，過得實在太快！

　　生命既然如此短暫，生老病死又在所難免。青壯年時期迅速的飛逝而去，壯志未酬，身已先老。人生天地間，大丈夫有多少豐功偉業要去建立的？想到此，又怎能不憂傷呢？用甚麼來解除憂愁呢？唯一的辦法，就只有痛飲美酒了。

　　想要成就大業，就要招募各方賢才，那些有識之士好像高懸的明月，令曹操輾轉反側，渴慕不已。只要賢人願意來投奔，他就一定要像古代禮賢下士的周公那樣加以禮遇。曹操飲酒作詩，吐露了心中的想法。正是懷揣這樣的念頭並付諸實施，他才能在天下三分之際為日後的曹魏打下基礎，為兩晉南北朝的政治產生深遠的影響。

詩詞小知識

　　東漢末年建安時期的戰亂，以及儒家正統思想在戰亂中衰微而導致的思想文化碰撞，令中國文學產生了新的發展方向。這個時期，曹操「挾天子以令諸侯」，完成統一北方的大業。曹操與兒子曹丕、曹植廣招人才，扶植文學。「建安文學」就在這樣的歷史和社會背景下產生了。建安文人用文學反映現實，抒發情感，形成了建安詩歌所特有的慷慨悲涼的風貌，為中國詩歌開創了一個新的局面，並確立了「建安風骨」這一詩歌美學典範。

　　曹操的詩歌目前保存下來的有 26 首，歷代詩歌評論家認為他的寫作風格悲涼雄渾，古樸簡潔，文辭直抒胸臆，表現出他對時事民情的觀察，以及自己的政治抱負。

金句學與用

對酒當歌，人生幾何！
譬如朝露，去日苦多。

　　這四句詩文辭直白，氣勢慷慨。儘管寫的是飲酒高歌的場面，卻透露出詩人感歎時光飛逝，憂心年紀漸老而無所成的心情。現代文章引用這些詩句，亦取相似的意思。

詩詞自己讀

七步詩

三國魏　曹植

煮豆燃豆萁[1]，

豆在釜[2]中泣[3]。

本是同根生，

相煎[4]何太急？

註釋

1. 萁：豆莖，豆秸。曬乾後可作為柴火。
2. 釜：鍋。
3. 泣：小聲哭。
4. 煎：煎熬。這裏比喻迫害。

豆子在鍋裏煮着。豆秸作為燃料在鍋子下燃燒。於是豆子在鍋裏哭泣道：

豆子和豆秸原本是生長在同一條根上的，豆秸怎麼可以這樣骨肉相殘，煎煮豆子呢？

請將本詩與本冊書中的樂府詩《雞鳴》對比，嘗試說明在相似的立意下，兩首詩的寫法有甚麼不同。

詩詞帶我讀

詩詞中的美景

　　東漢的曹操有兩個兒子。一是曹丕，另一個是曹丕的弟弟曹植。這父子三人都才華出眾，擅長詩文，尤以曹操和曹植更有名氣。歷史稱他們為「三曹」。

　　曹操的詩氣蓋山河。曹植的詩婉約華美，清麗新奇。後來，曹丕建立魏國，自立為魏文帝。曹丕恐怕曹植對他的地位有所不利，又嫉妒曹植的才華，總想迫害他。

　　一天，曹丕命弟弟作詩。要求是七步之內必須成詩，詩中必須包含兄弟之意，但不能出現兄弟的字眼，如果寫不出來就處以死刑。曹植聽到哥哥如此加害於他，心中無比悲憤。於是他七步成詩，用萁豆相煎比喻兄弟相殘，憤怒地指責控訴哥哥對自己的迫害：

　　從豆萁脫落下來的豆子在鍋裏煮着。鍋下面燃燒的是豆萁。豆子被旺火燒得翻來滾去。豆萁火勢越來越旺。豆子沒有辦法保護自己，只好在鍋裏哭泣。

　　那豆子和豆萁，本來是生長在同一條根上的。豆子被剝下來扔進鍋裏煮，而豆萁燃燒成旺火，煎煮豆子。為甚麼要這麼急迫地相互殘殺呢？

　　這首詩分明在質問：你與我是同胞兄弟，怎能如此殘忍地迫害我呢？

　　統治階級內部為爭權奪勢而自相殘殺，歷史上屢見不鮮。普通百姓家中，為個人利益而自相殘殺的事例也層出不窮。

　　嗚呼，何等悲涼淒慘！

　　曹植的這首詩並未出現在《三國志》內，它最早見於魏晉南北朝的《世說新語·文學》，為六句：「煮豆持作羹，漉菽以為汁，萁在釜下燃，豆在釜中泣，本自同根生，相煎何太急？」後來在小說《三國演義》中，演變為人們熟知的四句版本。因此也有人懷疑此詩是小說家言，並非曹植本人作品。由七步詩的故事，衍生出形容才思敏捷，出口成章的「七步之才」、「七步成詩」，和形容手足相殘的「煮豆燃萁」等成語，至今仍為人們使用。

　　曹植字子建，是三國時期曹魏的著名詩人和文學家，有「才高八斗」之譽；他與父親曹操、兄長曹丕並稱「三曹」，因封陳王，且諡號「思」，後世文章中常稱陳思王、陳王。他的作品辭藻華美動人，描寫細膩，比喻豐富，想像瑰麗雄奇，情懷深沉，代表作有《白馬篇》、《洛神賦》、《七哀詩》等，宋人編纂有《曹子建集》。

金句學與用

本是同根生，相煎何太急！

　　這兩句詩大家耳熟能詳。千百年來它們已成為人們勸誡避免手足相殘的普遍用語。

詩詞自己讀

送杜少府之任蜀州

唐　王勃

城闕輔三秦[1]，風煙望五津[2]。

與君離別意，同是宦遊[3]人。

海內存知己，天涯若比鄰。

無為[4]在歧路，兒女共沾巾[5]。

註釋

1. 三秦：泛指長安附近的關中地區。
2. 五津：指四川省從灌縣以下到犍為一段的岷江五個渡口，即白華津、萬里津、江首津、涉頭津、江南津。
3. 宦遊：古代人去外地做官。
4. 無為：不須，不必。
5. 沾巾：淚水沾濕衣衫佩巾。

這首詩詞講甚麼？

關中一帶，蒼茫原野，護衞着帝都長安城。川蜀那邊，風塵迷茫，煙靄無邊際，望不到蜀州岷江的五個渡口啊！

我倆本就是遠離家鄉，外出在官場打拚的人。和你今朝握手言別，真的又添了一層惆悵的情懷啊！

可是，四海之內有你這樣的摯友，我的知己，那是一種莫大的安慰啊。天涯之隔又算得了甚麼？

請不要像多情的小兒女那樣，在要分別的歧路岔口，眼淚流下來都濕了衣襟吧。

讀完想一想！

你認識王勃這位詩人嗎？是否能說出他撰寫的其他名篇名句？

詩詞帶我讀

詩詞中的美景

　　朋友杜少府要從長安去川蜀一帶為官。這一別，遠隔千里，不知何時才能再見。關中一帶的茫茫原野護衛着帝都長安城。川蜀那一帶，風塵瀰漫，煙藹茫茫無邊無際，望不到遙遠的那五個渡口啊。

　　我倆本來就是遠離家鄉，外出在官場打拚的人。今朝與你離別分手，更是鄉愁上又加了一層惆悵的情懷。

　　可是，四海之大，任我輩遨遊；天涯之遙，你我從不畏懼。有你這樣的知己，哪怕相隔天涯海角，心和心依然貼近。又何必在乎甚麼千里萬里，甚麼古都五津呢？你我不是兄弟，勝似兄弟，我們同情懷。就算一個在天之涯，一個在海之角，也可以看作是比鄰而居了。

　　我們的情誼不受時間和空間的制約。只要心中都有彼此，友誼就地久天長，永恆不變。所以，摯友杜少府啊，在這就要握手言別的歧路岔口，我們不必像小兒女那般，揮淚而別！

　　人們在送別之際，總要折楊柳枝贈予對方，以表示留戀之意。或飲酒數杯，灑淚而別。纏綿悽惻，傷感萬分。這首詩，表達了友誼的恆久，不在乎近在咫尺或遠隔千萬里之遙。詩人高遠的志向、曠達的情懷感動着讀者，千古流傳，四海傳頌。

王勃（649/650 年－676 年），字子安，絳州龍門（今山西省河津縣一帶）人，是「初唐四傑」之一。王勃很小的時候就寫得一手好詩文，有「神童」之稱。可惜的是，他不到三十歲就在渡海探親時落水而死。他傳下來的作品有《王子安集》。其詩力求擺脫齊梁的綺靡詩風，他的文章也很著名，流傳千古的《滕王閣序》就出自他之手。

「初唐四傑」是對中國初唐時期文學家王勃、楊炯、盧照鄰、駱賓王的合稱。他們在內容、風格等方面改革了南朝浮華豔麗的宮體詩風格，增加了詩歌的題材和作者的視野。在詩歌感情上也從男歡女愛、宮廷富貴擴張到抒發個人身世，描繪中國大好河山與社會生活。在體裁上令五言律詩成為一種成熟的詩體。杜甫有詩評價：「王楊盧駱當時體，輕薄為文哂未休。爾曹身與名俱滅，不廢江河萬古流。」

金句學與用

海內存知己，天涯若比鄰。

這兩句詩文字平實，情感豪邁。僅僅用了十個字，就將前面兩句兩人離別的私人情緒、私人場景轉到宏大的背景下，體現出詩人高遠的志向與豁達的心胸。這兩句詩也成為流芳百世的經典名句，為人們在描寫離別時引用。

次[1] 北固山下

唐 王灣

客路[2]青山外，行舟綠水前。

潮平兩岸闊[3]，風正一帆懸[4]。

海日生殘夜[5]，江春入[6]舊年。

鄉書何處達？歸雁洛陽邊。

註釋

1. 次：旅途中暫時停下。詩中指船停泊在北固山下。
2. 客路：遊子在外客遊的路線。
3. 潮平兩岸闊：潮水漲滿時，兩岸間水面十分寬闊。
4. 風正一帆懸：順風行船，風帆正好直直地高懸在頭頂。
5. 海日生殘夜：夜將盡時，海上的旭日就升起來了。
6. 入：到。

走過蒼鬱的青山。乘一隻小船行駛在碧綠的江水上。漲滿潮的江水平平，江面開闊。風向正好能夠高高掛起船帆。黑夜還沒完全過去，太陽已從海上升起。舊的一年沒有過完，江南的春天已經來臨。寄出的家書不知到了何處了？北歸的大雁都已經到洛陽了。

這首詩抒發的是作者怎樣的情緒，從哪些文字上可以看出來？

詩詞帶我讀

詩詞中的美景

　　我離鄉千里，走過了蒼鬱逶迤的青山，乘一隻小船行駛在碧綠的江面上。

　　冬雪融化了，春雨也使得江水漲得滿滿的。在船上遠遠望去，江面似乎與兩岸齊平，浩淼開闊。我乘坐的小船，因為風勢正好，順流而下，船帆鼓起，高高地懸掛着。一江碧水，一葉白帆，實在壯觀啊！

　　黑夜即將過去，黎明就快到來。旭日已從海上慢慢升起，漸漸地金光燦燦，刺破了幽暗的夜幕，照亮了一江水。

　　舊的一年尚未過完，江南早春的氣息就把岸邊的桃花催開，楊柳變綠了。深秋，大雁成羣地飛往南方。現在，大雁正由南往北飛，就快到達洛陽了吧？離家遙遙，羈旅在外，思鄉之情時常讓我淚下潸然。我寄給家鄉的書信，不知此時到達甚麼地方了？還不如委託大雁寄回書信呢！

詩詞小知識

　　北固山位於鎮江市區長江邊，高53米，是京口三山名勝之一，形勢險要，風景秀麗，與金山、焦山成犄角之勢。古代北固山因為氣勢雄渾，山石險固，被稱為「京口第一山」。山上有甘露寺，是三國時期「劉備招親」故事的發生地。歷來文人墨客留下了許多著名詩詞，在此選取兩篇作擴展閱讀：

永遇樂・京口北固亭懷古
宋　辛棄疾

千古江山，英雄無覓，孫仲謀處。
舞榭歌台，風流總被，雨打風吹去。
斜陽草樹，尋常巷陌，人道寄奴曾住。
想當年，金戈鐵馬，氣吞萬里如虎。

元嘉草草，封狼居胥，贏得倉皇北顧。
四十三年，望中猶記，烽火揚州路。
可堪回首，佛狸祠下，一片神鴉社鼓。
憑誰問，廉頗老矣，尚能飯否？

南鄉子・登京口北固亭有懷
宋　辛棄疾

何處望神州？滿眼風光北固樓。
千古興亡多少事？悠悠。不盡長江滾滾流。

年少萬兜鍪，坐斷東南戰未休。
天下英雄誰敵手？曹劉。生子當如孫仲謀。

金句學與用

海日生殘夜，江春入舊年。

　　這兩句詩得到當時宰相張說讚賞，張說還親自書寫並懸掛在宰相政事堂，讓臣子們學習。唐末詩人鄭谷還評價：「何如海日生殘夜，一句能令萬古傳」。這兩句詩風格壯闊高朗，描寫晝夜交替，辭舊迎新之際江南風光的勃勃生機，典雅且寓情於景，對盛唐詩壇產生了重要的影響。

山居秋暝[1]

唐　王維

空山[2]新[3]雨後，天氣晚來秋。

明月松間照，清泉石上流。

竹喧[4]歸浣女[5]，蓮動下漁舟。

隨意春芳歇[6]，王孫自可留。

註釋

1. 暝：日落，天色將晚。
2. 空山：空曠幽靜的山野。
3. 新：剛剛，才。
4. 竹喧：竹林中傳來喧嘩笑語。
5. 浣女：洗衣服的姑娘。浣，洗滌衣物。
6. 春芳歇：春光逝去了。

這首詩詞講甚麼？

空曠的山野剛剛下了一場雨。秋天天色將晚，正是涼爽的好時光。

一輪明月照耀着幽靜的松樹林。小河中的石頭上流淌着股股清澈的泉水。

竹林裏傳來喧鬧的聲音，原來是洗衣的姑娘們歸來了。荷花搖動，打魚的小船分開荷花划過來了。

雖說美妙的春光已逝，但是秋季的清新愜意依然動人心弦。人們大可留下來玩賞一番美麗的秋景啊！

讀完想一想！

王維不但擅長詩歌，也是文人畫的鼻祖。人們稱他「詩中有畫，畫中有詩」，請描述本詩中有哪些鮮明如畫的場面。

詩詞中的美景

　　這繁雜紛亂的人世，有多少羈絆啊！名韁利鎖、險惡仕途，那些王孫貴族們，難得有清心寡慾的時候去欣賞大自然。

　　詩人就極愛大自然。他的理想世界就是世外桃源。看他寫的這首詩多麼美好啊！

　　秋天，空曠的山野一場雨剛剛過去，山林潔淨空靈，空氣清新。天色將晚，更增添了幾分涼爽之意。猶如世外桃源一樣，山巒鬱鬱葱葱，鳥兒啁啾，景色十分秀麗。真的是「自然的美，美的自然」啊！

　　黃昏時，一輪皎潔的月亮由東方升起。它柔美的光芒普照着寂靜的山林。那月光傾瀉下來，松林披上了銀色的輕紗。羣花已謝，松林卻蒼翠欲滴，十分可愛。

　　小河越加漲滿了，輕快地汩汩流淌。河邊山石之上，清泉不息地流瀉而過，濺起朵朵水花，發出嘩嘩的響聲，像清脆的鈴鐺一樣。皓月當空，彎彎曲曲的河水宛若一條活潑的遊龍，亮晶晶的。

　　靜謐的竹林，只有鳥兒歸巢前急促的鳴叫聲。忽然一陣陣的歡歌笑語攪動了竹林的安寧。原來，是一羣洗衣的姑娘們手挎提籃，青春洋溢，喜笑顏開地走了過來。她們要穿過竹林，越過一段山路回到家中。

　　小河裏荷花正開得妍麗。承接雨露的大葉片綠意盎然。枝枝荷花亭亭玉立，讓人想起那裊裊娜娜的美人來。看，荷花紛紛被撥開，披向兩邊。荷葉上的水珠顆顆晶瑩剔透，滾滾下落。一隻小船載滿魚兒，船家搖動雙槳，小船穿越荷花，順流而下，歡快地游過來了。

春有春花，夏有夏蔭。這山野的秋日，雨後清爽可人自不必說，那明月當空，清泉淙淙，松林蓊鬱，荷葉田田，竹林深處，浣女，漁舟，何等清麗美景，歡樂人羣啊！

這使得那心緒紛亂、壓抑重重的王孫公子們，也動了不歸的心思了吧？

詩人的理想王國，猶如這山野的秋天，那麼明麗清心，不染一塵。王維還有一詩：「寧棲野樹林，寧飲澗水流，不用坐粱肉，崎嶇見王侯。」

詩人描寫的是雨後山中秋景，展露的卻是心中高潔的志趣和對官場的厭惡。

妙哉，王維。

　　王維多才多藝，詩書畫都非常有名，還有很深的佛學造詣。他創造了水墨山水畫派，被稱為「南宗畫之祖」。《舊唐書》本傳中，讚揚王維的畫「山水平遠，雲峯石色，絕跡天機，非繪者之所及」，其代表作有《伏生受經圖》、《輞川別業圖》、《雪溪圖》等。在中國傳統藝術中，有一個流派叫文人畫，亦稱「士人畫」，泛指中國古代社會中文人、士大夫的繪畫，它有別於宮廷繪畫（院畫）和民間繪畫，具有文人自娛言志，作畫不求形似，以及詩書畫合一的特點。明代董其昌提出「文人畫」這個詞時，認為王維應當是文人畫的始祖。王維晚年曾作組詩《偶然作六首》，其中最後一首正寫出他自己對繪畫的喜愛：

> 老來懶賦詩，惟有老相隨。
> 宿世謬詞客，前身應畫師。
> 不能捨餘習，偶被世人知。
> 名字本皆是，此心還不知。

金句學與用

明月松間照，清泉石上流。

　　這兩句寫景如畫，動人自然，具有很高的煉字選詞、狀景敍述的藝術造詣。明月清泉，青松岩石，都是代表隱逸君子的景物，抒發了作者本人對隱士高人生活的嚮往。二者合一，令這兩句詩彷彿一幅優美的文人畫。

詩詞自己讀

黃鶴樓

唐 崔顥

昔人已乘黃鶴去，此地空餘黃鶴樓。

黃鶴一去不復返，白雲千載空悠悠。

晴川歷歷[1]漢陽[2]樹，芳草萋萋鸚鵡洲[3]。

日暮鄉關何處是？煙波[4]江上使人愁。

註釋

1. 歷歷：太陽下清晰鮮明的樣子。
2. 漢陽：地名，現在湖北省武漢市漢陽區，與黃鶴樓隔江相望。
3. 鸚鵡洲：在湖北省武漢市武昌區西南，根據《後漢書》記載，漢代黃祖擔任江夏太守時，在此大宴賓客，有人獻上鸚鵡，故稱鸚鵡洲。唐代時它位於漢陽西南長江中，後逐漸被水沖沒。
4. 煙波：江上暮靄沉沉的樣子。

昔日的仙人已經乘着黃鶴飛走了。這個地方只留下空空的黃鶴樓。黃鶴這一去，就再也沒有回來過。千百年以來，只有天上的白雲悠悠地飄盪着。

陽光照耀下，漢陽的樹木清晰可見。鸚鵡洲繁密茂盛的野草也能看得清。黃昏時分望過去，哪裏是我的故鄉呢？煙波浩渺的江上，望着風景，越加使人憂愁起來了。

這首描寫黃鶴樓的詩結合了音韻、畫面、意境多方面的美感，才成為千古名作。試選擇這首詩的其中一個方面談談你的看法。

詩詞帶我讀

詩詞中的美景

　　話說這武昌蛇山上有一座高樓，名曰「黃鶴樓」。這座樓，是座名樓。歷代不少詩人墨客都曾登臨過此樓，留下了千古傳頌的詩章。其中首屈一指的便是這一首《黃鶴樓》。

　　傳說，古代有個仙人，叫子安。他曾乘黃鶴過路黃鶴樓。又有個叫費禕的駕鶴由此處上天成仙去了。不論虛實，黃鶴樓這個名字，就此傳開了去。

　　黃鶴既然飛去了，就只有一座空空的黃鶴樓矗立於此了。千百年來，人們登臨此樓，唸誦着這首千古絕唱，眼望晴空萬里，卻再也尋覓不到黃鶴與仙人的蹤跡，只看見悠悠的藍天白雲浮動。

　　詩人登上黃鶴樓，想像仙人乘黃鶴騰空而起的景象：從碧空那高遠的雲端，幻化出一隻黃鶴騰雲駕霧，展翅高飛，上有仙人乘坐，漸漸消失在天際。再看自己腳下這座樓，雕樑畫棟，巍峨依舊，不禁感慨萬千，歎息今非昔比，世事難料了。

　　當他眺望遠方的時候，他發現陽光下，隔江而立的漢陽城分外清晰，亭台樓閣、行人街道歷歷在目。那一行行的綠樹，亭亭如蓋，歷歷在眼前。就連鸚鵡洲上豐盛茂密的雜草，也蔥綠得可愛。詩人頓時由懷古幽思回到現實中來了。

　　轉眼間金烏西墜，暮色四合。江面上煙波浩渺，霧氣升騰。眼前的景物就要被漸漸圍攏來的夜色遮蔽了。

於是詩人思念起故鄉。我縱然遊歷四方，天下之大，仍舊是家鄉最惹人懷念啊！環顧四周，浩蕩江水，滾滾東流，流不盡許多愁啊！哪裏是我的故鄉呢？

　　這首被稱為歷代描繪黃鶴樓第一絕唱的七言絕句，幾乎難倒了李白。據說當年李白登樓時，本想賦詩，但看見了這首詩，於是寫道：「眼前有景道不得，崔顥題詩在上頭。」

詩詞小知識

　　崔顥（704 年？—754 年），唐代詩人。汴州（今河南開封市）人。崔顥前期詩作多寫男歡女愛，閨中情懷，有浮豔輕薄的缺點。但後來崔顥四處遊歷，最後前往邊疆，邊塞生活磨礪了他的人生，也改造了他的詩風。尤其是他的邊塞詩慷慨豪邁，雄渾奔放。《全唐詩》存其詩 42 首。傳說《黃鶴樓》一詩是在崔顥年紀較長的時候寫的，因此更接近於他後期的風格。在此附上崔顥邊塞詩兩首，供擴展閱讀。

雁門胡人歌

高山代郡東接燕，雁門胡人家近邊。
解放胡鷹逐塞鳥，能將代馬獵秋田。
山頭野火寒多燒，雨裏孤峯濕作煙。
聞道遼西無鬥戰，時時醉向酒家眠。

送單于裴都護赴西河

征馬去翩翩，秋城月正圓。
單于莫近塞，都護欲回邊。
漢驛通煙火，胡沙乏井泉。
功成須獻捷，未必去經年。

金句學與用

**昔人已乘黃鶴去，此地空餘黃鶴樓。
黃鶴一去不復返，白雲千載空悠悠。**

　　這四句詩中出現了三個「黃鶴」，但是並不顯得重複累贅。它們不拘泥於對偶，從仙界到人界，從傳說到現實，氣勢雄渾超然，連接自然流暢，令人歎服不已。

題破山寺後禪院

唐 常建

清晨入古寺，初日[1]照高林。

曲徑通幽處，禪房花木深。

山光悅[2]鳥性，潭影空人心。

萬籟此俱寂，但餘鐘磬音。

註釋

1. 初日：清晨的太陽。
2. 悅：使……高興。這裏採用的是使動用法，後一句「潭影空人心」中的「空」字亦是同樣的用法。

這首詩詞講甚麼？

清晨我走進古老的寺廟。初升的太陽照耀着樹木高大的叢林。一條彎彎曲曲的小徑通往幽靜的地方，那裏是僧人的房舍。花木掩映，幽深成趣。

附近的山色青青，日光光影浮動，鳥兒歡欣愉悅地飛翔啼叫。深潭中的倒影輕輕搖動，使得人心脫離凡俗，澄澈空明。

這裏非常寂靜，只聽得誦經齋供時打擊鐘磬的聲音。

讀完想一想！

1. 請問本詩體現出作者怎樣的情緒？

2. 這首詩自古以來因為閒雅清幽的寫景風格為人所稱道，請問你喜歡其中哪些狀景詩句，請說明原因。

詩詞中的美景

破山上有座興福寺，是南齊時修建的，至唐代已成古寺。

初升的太陽光芒萬丈，普照着青山和樹林。羣山沐浴着燦爛的陽光，格外蒼鬱。

詩人於一天的清晨漫步在山上，走進了這座古寺。

太陽溫煦的光也照臨着古寺。寺裏的叢林濃蔭密佈，寧靜安詳，顯示出神聖莊嚴的氣象。詩人沿着竹林彎彎曲曲的小徑走，直到一處非常幽靜的地方。只見花木掩映，殿宇堂皇肅穆，僧人們誦經拜佛之處就在此。再轉向後面，則僧人的屋舍儼然，簇簇竹影，素潔雅致。

詩人覺得身心彷彿被淨化了，頓時清爽了起來。

山色光影兩相照映，自是十分和諧清明。鳥兒歡欣地飛翔鳴叫，使這片山林增添了生機勃勃的歡樂氣氛。

寺裏有個深潭。詩人看到自己的身影和天空中微微搖動的藍天雲朵的倒影，那麼明淨，感覺心中塵世的雜念和一切的煩惱都消失了，心靈變得清淨愉悅起來。

除了鳥兒的啼鳴，大自然和人為的聲音至此全都寂滅了。沒有塵世的雜音，沒有人聲的嘈雜，這裏是佛家境界，是涅槃重生的淨土。凡是敬仰上蒼，對無所不能的造物頂禮膜拜的人，都可在這兒得到心靈的昇華。

萬籟俱寂，只聽得寺院誦經齋供時鐘磬清脆悠揚的聲音。

啊，寺廟禪院，你空靈神祕，由俗世可達西方淨土！詩人來此一遊，得心中大歡喜，於是作此詩以敬之。

詩詞小知識

　　破山寺位於常熟破山，本名興福寺。有宋一朝，山中潭水即因此詩而名為空心潭。常建是著名的山水田園詩派詩人。他的生卒年與生活經歷不詳，《全唐詩》共收錄其作品 57 首。以下列出四首，供擴展閱讀。

宿王昌齡隱居

清溪深不測，隱處唯孤雲。　松際露微月，清光猶為君。
茅亭宿花影，藥院滋苔紋。　余亦謝時去，西山鸞鶴群。

泊舟盱眙

泊舟淮水次，霜降夕流清。　夜久潮侵岸，天寒月近城。
平沙依雁宿，候館聽雞鳴。　鄉國雲霄外，誰堪羈旅情。

西山

一身為輕舟，落日西山際。　常隨去帆影，遠接長天勢。
物象歸餘清，林巒分夕麗。　亭亭碧流暗，日入孤霞繼。
渚日遠陰映，湖雲尚明霽。　林昏楚色來，岸遠荊門閉。
至夜轉清迥，蕭蕭北風厲。　沙邊雁鷺泊，宿處蒹葭蔽。
圓月逗前浦，孤琴又搖曳。　泠然夜遂深，白露沾人袂。

湖中晚霽

湖廣舟自輕，江天欲澄霽。　是時清楚望，氣色猶霾曀。
踟躕金霞白，波上日初麗。　煙虹落鏡中，樹木生天際。
杳杳涯欲辨，濛濛雲復閉。　言乘星漢明，又睹寰瀛勢。
微興從此愜，悠然不知歲。　試歌滄浪清，遂覺乾坤細。
豈念客衣薄，將期永投袂。　遲迴漁父間，一雁聲嘹唳。

金句學與用

山光悅鳥性，潭影空人心。

　　《唐詩別裁》評價這兩句詩：「鳥性之悅，悅以山光；人心之空，空因潭水；此倒裝句法。通體幽絕。」這兩句詩文法靈活，風格空靈幽靜，有人景合一之妙。人在觀察自然萬物時，就能夠從中感受到自我本真，體會到世俗之外的快樂閒適。

詩詞自己讀

秋登宣城謝朓北樓

唐　李白

江城[1]如畫裏，山晚望晴空。

兩水[2]夾明鏡，雙橋[3]落彩虹。

人煙寒橘柚，秋色老梧桐。

誰念北樓上，臨風懷謝公。

註釋

1. 江城：水邊的城，這裏指宣城。
2. 兩水：指宛溪、句溪。
3. 雙橋：鳳凰橋和濟川橋。宛溪上有鳳凰橋，句溪上有濟川橋。

詩人登上謝朓北樓遠眺，水邊的宣城像畫一樣美。天色已近傍晚，天空依然晴朗。羣山沐浴着晴陽，十分可愛。宛溪、句溪清澈見底，如同明亮的鏡子一樣，繞城而流。宛溪上的鳳凰橋，句溪上的濟川橋，倒映在溪水中，好像兩道彩虹。

橘樹和柚子樹在深秋已呈現出金黃色，漫漫寒煙裏，一派寒意蕭蕭。梧桐老樹也露出蒼黃衰敗的景象。

有誰還會登上此樓，迎着蕭瑟的秋風，心中懷念那年代久遠的謝朓老先生呢？

我們曾經在本系列的第一冊中讀過唐代詩人陸龜蒙描述過謝朓樓的《懷宛陵舊遊》，試比較兩詩表達的感情，以及寫景方式有何異同。

詩詞帶我讀

詩詞中的美景

　　秋天的傍晚，詩人登上宣城的謝朓北樓遠眺。

　　他遠遠觀望，那位於江邊的城池，竟像在畫中一樣美麗。山巒連綿起伏，兩條溪水繞城而流。山環水繞，得天獨厚。

　　天色接近傍晚了，太陽就要收盡光芒，留給人間的，將是燦爛恢宏的漫天雲霞。而此時此刻依然晴朗。羣山沐浴着晴陽，鬱鬱蔥蔥，十分可愛。宛溪和句溪汩汩流淌着。秋水宜人，愈加的澄澈明淨，猶如鏡子一般，平靜光滑。

　　宛溪上有座鳳凰橋，句溪上有座濟川橋，都為拱形建築，如同兩道彩虹橫跨溪流。此刻已經夕陽西下，雲霞的色彩映襯着水裏二橋的倒影，微微盪漾，更顯得柔和空靈，猶如天上的彩虹落到了水中，那麼的迷幻神奇。

　　家家戶戶正忙着準備晚餐。炊煙裊裊，伴着快要落下的日頭，山色水光，仙境一樣令人遐想。

　　城裏村郭，片片橘樹林和柚子林，都染上了深秋的色彩，呈現出金黃的顏色。在人煙漫漫，寒意蕭蕭的季節，預示着寒冬即將降臨，橘柚就該採摘了。而那古老的梧桐，扇子般碩大的葉片，也由碧綠鮮明轉向蒼黃，滿樹秋深衰敗的氣象。

　　站在謝公北樓，詩人登高望遠，一覽無餘。他深深地懷念謝朓，雖然他和謝朓古今之隔，不同年代。然他是極喜愛謝公的。他尊崇謝公鬱

鬱不得志的一生，喜愛他優美闊達的詩作。所以，詩人每到宣城，都要登上謝公北樓，把宣城的山山水水收入眼中，仔細地賞玩一番。他心中難以忘懷謝朓，想着自己和謝朓一樣，不止一次登上同一座樓，遠觀四面的景色，他便覺欣慰，也深為自己和謝公二人終生懷才不遇，落落寡歡而遺憾。

　　想到這裏，詩人李白不禁發出感慨：除了我，誰還能在這兒，迎寒風而懷古，悲秋色而懷念謝朓呢？

詩詞小知識

　　清代的王士禎有一首詩叫《論詩絕句》：「青蓮才筆九州橫，六代淫哇總廢聲。白紵青山魂魄在，一生低首謝宣城。」說的就是李白對謝朓（謝宣城）作品和人品的推崇，在文學創作中吸收、繼承謝朓山水詩歌的風格、意象與遣詞用句，形成自身獨特的風格。李白的詩歌中常常出現謝朓的身影，除《秋登宣城謝朓北樓》外，還有《謝公亭》、《宣州謝朓樓餞別校書叔雲》、《秋夜板橋浦泛月獨酌懷謝朓》、《新林浦阻風寄友人》、《三山望金陵寄殷淑》及《酬殷明佐見贈五雲裘歌》等。在此選取兩首具有一定閱讀挑戰性的詩歌，供擴展閱讀：

秋夜板橋浦泛月獨酌懷謝朓

天上何所有，迢迢白玉繩。

斜低建章闕，耿耿對金陵。

漢水舊如練，霜江夜清澄。

長川瀉落月，洲渚曉寒凝。

獨酌板橋浦，古人誰可徵。

玄暉難再得，灑酒氣填膺。

酬殷明佐見贈五雲裘歌

我吟謝朓詩上語，朔風颯颯吹飛雨。

謝朓已沒青山空，後來繼之有殷公。

粉圖珍裘五雲色，曄如晴天散彩虹。

文章彪炳光陸離，應是素娥玉女之所為。

輕如松花落金粉，濃似苔錦含碧滋。

遠山積翠橫海島，殘霞飛丹映江草。

凝毫採掇花露容，幾年功成奪天造。

故人贈我我不違，著令山水含清暉。

頓驚謝康樂，詩興生我衣。

襟前林壑斂暝色，袖上雲霞收夕霏。

群仙長歎驚此物，千崖萬嶺相縈鬱。

身騎白鹿行飄颻，手翳紫芝笑披拂。

相如不足跨鷫鸘，王恭鶴氅安可方。

瑤台雪花數千點，片片吹落春風香。

為君持此凌蒼蒼，上朝三十六玉皇。

下窺夫子不可及，矯首相思空斷腸。

人煙寒橘柚，秋色老梧桐。

《唐宋詩醇》評價此二句：「寫出秋意，鬱然蒼秀」，《李太白詩醇》又記載嚴滄浪曰：「五、六（即『人煙』『秋色』二句）入畫品中，極平淡，極絢爛。豈必王摩詰？」這二者評價的共同點，就是說這兩句詩宛如畫筆，畫出一番果實深綠橘黃，梧桐金黃燦爛的寒秋景色，語言平淡卻韻味悠遠。其中「寒」「老」二字用得非常生動，體現出植物的特色和秋天的氣候。

送友人

唐　李白

青山橫北郭，白水繞東城。
此地一為別[1]，孤蓬[2]萬里征[3]。
浮雲遊子意[4]，落日故人情。
揮手自茲去，蕭蕭班馬[5]鳴。

註釋

1. 一為別：告別。「一」是加強語氣的助詞。
2. 孤蓬：蓬是一種乾枯以後風一吹就會飄飛很遠的植物，「飛蓬」也被古人用來指
代浪跡天涯的人。這裏詩人就是化用這個意象，將隻身遠行的朋友比作「孤蓬」。
3. 征：遠行。
4. 浮雲遊子意：化用自曹丕《雜詩》「西北有浮雲」，指浮雲就像遊子一樣四海漂泊，
行蹤難尋。
5. 班馬：離羣的馬，這裏是指載着朋友遠行的馬。

城外的北面，青山逶迤不斷。白水潺潺，繞着東城流淌。在這裏一分手，你就好比蓬草一樣，要獨自一人行萬里路了。天空遊弋不定的雲啊，就像要四海漂泊的你。

紅透了的日頭，依傍着山巒，揮灑着餘暉，染紅了半邊天。夕陽好美呀。這般豔美的景致，正和你我之間濃濃的情意相同。

我送你就到此了，總要有一別的。我心裏空落落的，再聚首已不容易。這兩匹馬彷彿也知道分離的時刻到了，各自發出嘶叫，牠們也不願就此分開。

選擇一首本系列中讀過的送別友人詩，嘗試說明它與這首詩在寫作手法上有何區別。

詩詞中的美景

　　有道是：送君千里，終須一別。

　　友人要離開我到另一個地方去。我和他各自騎一匹馬，到東城話別。

　　城外的北邊，有逶迤不斷的青山。山色青青，分外壯觀。白水潺潺，繞着東城流淌。這麼山清水秀的地方，就是你我分手之處了。

　　想你我在這同一城郭，來往甚密，情感甚篤。今天分別，不知何日再聚，真令我惆悵啊！

　　你就像那蓬草一般，無根地隨風飄盪，孤獨地開始了萬里漂泊。

　　天空的雲啊，漂浮不定，正和你這遊子的情懷相同。浪跡天涯何日歸，浮雲飄飄不回頭。

　　看那紅透了的日頭，依傍着起伏的羣山，揮灑着餘暉，染紅了半邊天。夕陽如此壯麗，如此美觀，就像你和我之間濃濃的情意。只是夕陽西下，夜晚就要到了。

　　就到此吧，你需要立即快馬揚鞭趕赴前程。款款深情，終須記在心裏。祝福你一路平安，早日來信。迢迢千里，可要多多保重了。

　　握手言別，人生無奈是別離。再看那兩匹馬，彷彿也明白主人要分離，牠倆也必須分開了，於是牠們一起發出長長的嘶叫，向天而鳴。我心中也更加悲痛起來。

　　馬兒都知分離苦，何況人乎？

　　別了，我的摯友，上馬吧。讓我目送着你跨上征鞍，絕塵而去，漸漸地消失在遠方。

被稱為「詩仙」的李白，一生交遊廣泛。他輾轉各地，陸陸續續寫下了許多送別詩，其中膾炙人口的就有《贈汪倫》、《黃鶴樓送孟浩然之廣陵》、《宣州謝朓樓餞別校書叔雲》等。李白的送別詩，有強烈的個人特色，首先是語句個性鮮明，風格自然，情意真摯，常常使用歌行、絕句等形式，有血有肉。一些以送別為題材的律詩和長詩則想像力豐富，善於吸納各種典故與諸子百家思想，雄奇奔放，具有強烈的浪漫主義色彩。最後，由於李白一生坎坷，有志難酬，他和親友離別寫詩，儘管屢屢有豪放之語，亦從中透露出對現實清醒的認識，以及對人生深沉的思考。

金句學與用

浮雲遊子意，落日故人情。

這兩句詩對仗非常工整，化用前人的詩句表達出自己對遠遊朋友的深情，情景對照，畫面生動感人。

詩詞
自己讀

關山月[1]

唐　李白

明月出天山[2]，蒼茫雲海間。

長風幾萬里，吹度玉門關[3]。

漢下白登[4]道，胡窺[5]青海灣[6]。

由來征戰地，不見有人還。

戍客[7]望邊邑，思歸多苦顏。

高樓[8]當此夜，歎息未應閒。

註釋

1. 關山月：漢代樂府歌曲舊題目，大多描寫哀傷離別之情。
2. 天山：即祁連山。在今甘肅、新疆之間，連綿數千里。漢朝時匈奴稱「天」為「祁
   連」，所以祁連山也叫做天山。
3. 玉門關：舊址在今甘肅敦煌西北，是古代通向西域的交通要道。
4. 白登：在今山西大同東面，有白登山。
5. 窺：窺伺，侵擾。
6. 青海灣：今青海省青海湖。湖因色青而得名。
7. 戍客：駐守邊疆的戰士。
8. 高樓：這裏指高樓上的女子臥房，代指戍邊戰士的妻子。

一輪明月從天山升起，穿越於山頂蒼蒼茫茫的雲海之間。駐守邊疆的戰士佇立於明月之下，遙望內地家園，彷彿覺得大風浩浩蕩蕩，橫掃中原，呼嘯萬里朝玉門關而來。

想當初，漢高祖劉邦領兵出征匈奴，被匈奴圍困在白登山上達七天之久。青海灣那一帶，也曾經是唐軍和吐蕃征戰了多年的地方。

自古以來，凡是這些連年打仗的邊塞，都不曾有人活着回到家鄉去。

駐守邊疆的將士，眼望邊塞的荒涼景象，心中思念故鄉，臉上總是愁苦的表情。而家鄉的妻子，獨自守着高樓空房，也一定是不停地歎息憂傷着。

這首詩一共出現了幾個場景？分別具有甚麼含義？

詩詞帶我讀

詩詞中的美景

　　廣袤的天山山脈，雄偉壯闊，連綿起伏。那逶迤不斷的山峯，雲升騰，霧繚繞，雲霧幻化，氣象萬千。環繞着氣勢磅礴的羣山，彷彿大海波起浪湧，極為壯觀。

　　傍晚，一輪明月從天山升起，照耀着茫茫雲海。那月兒分外妖嬈，在雄渾壯闊的雲海裏穿越，雲烘托月，月照亮雲。駐守在西北邊疆天山的戰士們仰頭觀望着，那雲月交融，一派蒼茫的景致，不由得使他們起了思鄉之情。

　　戰士們佇立在月光下，遙望故鄉，但覺朔風陣陣，橫掃中原，不遠萬里呼嘯着，直奔玉門關而來。

　　想當年，漢高祖劉邦領兵討伐匈奴，被匈奴圍困在白登山七天七夜。青海灣一帶，吐蕃常來侵擾，唐軍與吐蕃爭戰於此，多年戰亂不息。

　　無休無止的戰爭，持續了好多年。那些數不清的將軍和兵士們，沒有一個能活着回到家鄉去的。在荒涼廣漠的邊塞，將士們望着月色下的無邊荒漠，想到回家無望，不由得內心熬煎愁苦起來。而那高樓上他們守空房的妻子，也一定因為夫君歸期遙遙而憂愁歎息，淚下沾襟了吧。

詩詞小知識

　　《關山月》是李白借用樂府的古題撰寫的詩歌。在李白的詩歌創作中，他不是一味依照樂府舊制古意，而是闡發新意，加入自己的藝術風格與盛唐的時代風貌，別具一格。因此胡震亨曾說讀李白樂府詩有三難：「不先明古題辭義源委，不知奪換所自；不參按白身世遭遇之概，不知其因事傳題、借題抒情之本指；不讀盡古人書，精熟《離騷》、選賦及歷代諸家詩集，無由得其所伐之材與巧鑄靈運之路。」李白的樂府詩有一百四五十首，閱讀其中最著名的一部分，可以體會到以下特點：

一、　通過增減細節內容，深化提升思想創作。比如古樂府的《北風行》，李白在其中加入了「燕山雪花大如席，片片吹落軒轅台……黃河捧土尚可塞，北風雨雪恨難哉」等細節，強化了戍守邊疆的士兵的艱難，以及士兵戰死後家中妻子的思念和悲傷。篇幅亦較鮑照類似主題的《北風行》長近一倍。

二、　採用傳說、典故等內容，借樂府舊題闡發李白自身思索。最好的例子就是以《九歌》湘夫人為題材的《遠別離》，以及借用古蜀地傳說的《蜀道難》。前者借堯舜禪讓，湘夫人哭舜等傳說，暗指唐代藩鎮擁兵自重威脅朝廷的情況；後者借蜀道之難暗指朝政之險和官員壓迫百姓等事，為詩歌增添了現實意義。

三、　李白的樂府詩詞句風格獨特。羅根澤先生在《樂府文學史》中稱「陸游曰：『東坡詞，歌之曲終，覺天風海雨逼人。』李白樂府亦有此氣魄。且於此種氣魄外，益以天馬行空之仙氣，故彌覺其『孤鳳鳴天倪』『天外恣飄揚』，而我輩塵寰俗子，遂視如『姑射仙人』，可望而不可即焉。」

金句學與用

明月出天山，蒼茫雲海間。
長風幾萬里，吹度玉門關

　　這四句氣勢雄渾，讀來令人身臨其境。天山雲海是當時人很難見到的，但玉門關又是士兵駐守的實在地點，虛實之間就為整首詩描繪出了宏大的背景。

賦得[1]古原草送別

唐 白居易

離離[2]原上草，一歲一枯榮[3]。

野火燒不盡，春風吹又生。

遠芳侵古道[4]，晴翠[5]接荒城。

又送王孫[6]去，萋萋[7]滿別情。

註釋

1. 賦得：這是古人寫詩，特別是命題作詩的一種方式，作者借古人詩句或成語命題作詩。詩題前一般都冠以「賦得」二字。
2. 離離：青草生長茂盛。
3. 枯榮：枯，枯萎。榮，生長。野草每年春天生長，秋季枯萎。
4. 遠芳侵古道：茂盛生長的新草蔓延到遠方，甚至長到了古老的驛道路面上。
5. 晴翠：鮮明翠綠的草。
6. 王孫：貴族的後代，這裏指遠方的友人。
7. 萋萋：野草茂盛。

這首詩詞講甚麼？

　　茂盛的野草長滿了原野。每年春天長出，秋冬枯萎。即使野火也不能將它徹底燒光，春風一吹，它又生了出來。

　　野草生命力極強，都侵佔蔓延到古老的驛道上來了。陽光下那一望無際的光鮮翠綠，使荒蕪的小城也靚麗了起來。

　　今天我又來這裏送別友人，野草連天，茁茁茂盛，就像我心裏滿滿的惜別之情。

讀完想一想！

　　這首詩的前四句常被選入小學課本與兒童唐詩啟蒙讀物，只讀前四句，你有甚麼感想？本詩前四句包含的意義，與後四句之間有甚麼聯繫？

詩詞中的美景

　　鋪天蓋地、一望無際的荒原上的野草，生命力那麼的強盛。每當大地回春，萬物萌發的時候，野草也便迅速地生長起來。遠遠望去，接天芳草無窮碧，展示出了無比壯美的景象。

　　秋風蕭瑟，野草也會由綠轉黃，荒草瀰漫，原野會因此而變得蕭條。而當冬雪鋪滿大地的時候，野草就悄悄地枯萎，縮在白雪下面，不見了蹤影。白雪融化，滋潤了土地，只見零零落落的草葉低垂着頭，不再有甚麼勃勃生機的氣象了。

　　但那野性的草啊，是最頑強最不服輸的。

　　也許有一天，無情的野火把它燒得精光。那貌不驚人的矮小的小草啊，它依然會東山再起，等到春天溫煦的風吹過來，看吧，野草又會於不經意間，綠油油的，佔據了整個荒原，使得原野又充滿勃勃生機了。

　　那時節，野草似乎向世界這樣宣告：冬季的酷寒不能奈我何。在白雪之下我靜靜地蟄伏。大火蔓延，不能把我燒死，我只是表面上沒了生命力。春風吹過來，我就會立即迅速地生長，很快又鋪天蓋地、一望無際地佔滿原野。

　　野草不美嗎？它野性的生命勝過嬌弱的牡丹。

　　野草柔弱嗎？它那種蔓延之勢，其勢兇野，堪稱天下第一。

　　野草啊，它侵佔佈滿了古老的驛道，草香芬芳無比，遠播四方。

　　晴朗的天氣，太陽照耀下，廣闊的綠野，搖搖曳曳的野草，茁茁壯壯，使荒城也恢復了青春。

　　今天，我又來在這裏送別友人。依依之情，充塞心胸，瀰漫原野，與豐滿茂密的野草相照應，真的是：「離恨恰如春草，更行更遠還生。」

詩詞小知識

　　唐代張固《幽閒鼓吹》中記載了白居易與這首詩相關的一件軼事。唐代文人考科舉，進考場之前要做的一件事是「投獻」，即拜訪京城名士高官，將自己的詩文給對方看，或者接受對方的考校，以獲得名士高官的推薦賞識。當年還不到二十歲的白居易「投獻」的對象是名士顧況，顧況看到他的名字，開玩笑說：「（長安）米價方貴，居亦弗易。」意思是長安物價很貴，又不好混飯吃，你這個年輕人要「居易」可不容易啊！等到白居易交上《賦得古原草送別》這首詩，顧況讀到「野火燒不盡」二句，大為讚賞，說：「道得個語，居亦易矣。」這個故事後來也衍生出「居大不易」這個成語，意為在某地居住，維持生活很不容易。

野火燒不盡，春風吹又生。

　　不管野火怎麼燃燒，只要春風一吹，原野上又會長出青青綠草，這兩句詩形象地描寫了野草頑強的生命力。現在人們引用這兩句詩有褒貶兩種含義，貶義是指麻煩不清除乾淨，一有機會還會出現；褒義是指希望與新生力量，不會因為挫折和打壓徹底被消滅。

旅夜書懷[1]

唐　杜甫

細草微風岸，危檣[2]獨夜舟。

星垂平野闊[3]，月湧[4]大江流。

名豈文章著[5]，官應老病休。

飄飄何所似，天地一沙鷗。

註釋

1. 書懷：書寫胸中的思緒。
2. 危檣：高高的桅杆。
3. 星垂平野闊：佈滿星星的天空遼闊得好似要垂蓋下來，原野在天空下顯得格外廣大。
4. 月湧：月亮印在流淌湧動的江水裏。
5. 名豈文章著：我難道是因為文章才有了名聲的嗎？

　　微風吹拂着大江岸邊的叢草。黑夜裏孤獨停泊着一隻有高高桅杆的小船。原野平闊，星星垂落在天邊。大江東流，月光照在江面，隨着江波湧動。

　　我難道是因為文章才有了名氣的嗎？那麼我年老患病，也該休官不做了。

　　我這樣飄來飄去，遷徙輾轉的一生，像甚麼呢？就像獨自飛翔於天地之間的一隻沙鷗。

　　請將本詩與王安石《泊船瓜洲》，和本書中王灣《次北固山下》比較，說明這三首詩在寫作背景、寫作環境和詩人情感之間的異同。

詩詞帶我讀

詩詞中的美景

　　我旅途中乘坐的小船，從遠方而來，孤獨地停泊在江面上。船上矗立着高高的桅杆。大江靜靜地流淌，月色迷濛，映照着江水。浩蕩的長江此時也平靜下來，起了微微的波瀾。夜間輕輕的風吹拂着岸邊的小草。

　　幽暗的夜裏，原野遼闊無邊際。由船上遠遠望過去，月光下的原野似乎和天空連接成了一片。在那地平線，星星像是垂落在原野上似的，密密的，燈火般閃閃發光。宇宙真是浩大啊！

　　眼前景色也掀起我心中的微瀾：想我的一生，顛沛流離，如今老去，還要繼續漫遊，不得安寧，心境真像這隻停泊的孤舟一樣，寂寞孤苦啊！

　　今夜，月兒甚好，清輝傾瀉在人間，天地萬物，都被柔和的光籠罩着，那麼幽雅、清明、和諧，詩一樣的無比美妙。

　　月光灑下來，水波亮晶晶的，隨着大江東去而湧動。月亮的倒影也忽隱忽現，在江面上遊移飄蕩。

　　我雖然發表了許多文章，可謂天下聞名，難道說，我自身的價值全是因為文章而出名的嗎？不錯，我寫的文章蕩氣迴腸，與世長存。但我一生的抱負和志向，是極其高遠的，我能力的發揮還不盡其然啊！

　　我如今棲居孤舟，年老患病，生存尚且不安定，還談甚麼前程呢？我該辭官，過平靜的日子，不要再漂泊了吧。

現在，我攜帶妻兒由成都轉向川蜀，已覺心力交瘁。這一世漂泊無定，輾轉遷徙，像甚麼呢？

就像一團無根的蓬草，隨風而飄轉。也如一隻沙鷗，在天地間翱翔，不知所終。這一隻孤苦的沙鷗，何處是牠的棲息之地呢？

詩詞小知識

杜甫一生寫下了數量眾多的詩歌，目前保存下來的有一千四百多首。同時，他也是個四海遊歷，仕途坎坷的人，根據他的生活，可以將其作品分為四個時期：

第一時期：青年時代讀書、科舉、漫遊時期。杜甫在這個時期和李白、高適等人相識，李杜之間交往酬唱的詩歌，有很多都出於此時。

第二時期：長安生活時期。杜甫在長安居住了十年之久，在這段時間內，他考科舉，還當了個小官。但他仕途並不得志，還目睹了社會貧富差距巨大，政治腐敗混亂，百姓困苦的情況，由此寫下了《兵車行》、《麗人行》等批評時政、諷刺權貴的詩篇。

　　第三時期：安史之亂時期。安史之亂爆發之後，杜甫曾嘗試去投奔唐肅宗的朝廷，但被叛軍扣押了一段時間。之後他設法逃脫，在朝廷擔任左拾遺，之後因為上疏為宰相房琯事被貶官。這時期他撰寫的名作有《春望》、《哀江頭》，「三吏」、「三別」等。

　　第四時期：晚年漂泊。杜甫貶官之後，在戰亂中帶着全家來到四川一帶，於成都居住一段時間後又流落到湖北、湖南，最後在湖南去世。這段時間是他撰寫作品的高峰期，《春夜喜雨》、《茅屋為秋風所破歌》、《登樓》、《蜀相》、《聞官軍收河南河北》、《登高》等詩，描寫了這十餘年來他顛沛流離的經歷，亦反映了安史之亂後的社會面貌。

金句學與用

星垂平野闊，月湧大江流。

　　在這十個字中，我們能看到星星彷彿垂落在空闊原野；月亮的倒影彷彿隨着平緩大江中的微波湧動。這兩句詩中包含了何種感情，歷來有不同的說法。但可以肯定的是，它們意境開闊，氣勢非凡，通過宏大景物的對比，反襯作者飄零渺小的孤獨形象，在文學藝術層面有很高的造詣。

攜妓納涼[1]
晚際遇雨

唐　杜甫

落日放船[2]好，輕風生浪遲。

竹深留客處，荷淨納涼時。

公子[3]調冰水[4]，佳人雪藕絲[5]。

片雲[6]頭上黑，應是雨催詩。

註釋

1. 納涼：乘涼。語出南朝陳徐陵《內園逐涼》詩：「納涼高樹下，直坐落花中。」
2. 放船：開船。
3. 公子：富貴人家的子弟。
4. 調冰水：用冰調製冷飲。
5. 雪藕絲：把蓮藕切成絲。也有說法是去掉蓮藕表面的細絲方便食用。
6. 片雲：極少的一片雲。

這首詩詞講甚麼？

夕陽西下，放一隻小船到湖裏，乘坐它沿湖遊覽。微風吹着水面，起了輕輕的漣漪。岸邊竹林茂密幽深。池中的荷花潔淨豔麗，正好是納涼休憩的好地方。

男士們用冰塊調成冷飲。美人處理採摘的蓮藕。突然，一片黑雲飛來頭頂上，就要下雨了。那麼就作一首詩描述此情此景，也不枉這美景韶光，公子佳人，相聚甚歡啊！

讀完想一想！

1. 這一首詩講述了詩人與朋友出去遊玩的幾件事？

2. 詩題中寫「遇雨」，為何到最後才寫到下雨的事？

詩詞中的美景

詩人加入了一場年輕男女的聚會，心態也不由得年輕了許多。靜謐的小湖，山光水色，花木扶疏，落日時分，真的足以流連忘返啊！

紅透了的日頭又大又圓，依傍着西山似乎不願離去。西邊的天際燦爛輝煌。金紅色的餘暉映照着山巒，片片雲霞融入了山色。湖面上，波光粼粼，微微的風吹着，起了輕輕的漣漪，那水光也是金紅相融，亮晶晶的。

公子們放一隻小船在湖中，一行人乘坐着它沿湖遊覽。那公子個個相貌堂堂，談笑風生。佳麗們濃妝淡抹，紅顏俏麗。詩人夾在其中，彷彿回到了青年時期，臉上的風霜也頓時消除了許多。

岸邊竹林簇簇，蒼翠欲滴，清爽宜人。看啊，前邊不遠的地方，一片竹林茂密成蔭，暑氣頓消。中有闊地，正好納涼。湖裏荷花亭亭玉立，翠葉紅花，搖曳生姿。葉闊能承雨露，花朵芳香四溢。這一行青年男女，把船繫在一株古木上，就準備在那竹林深處舉辦一場歡宴了。

眾人在一片歡聲笑語中各司其職。翩翩公子用冰塊調製成冷飲。美女則輕舒玉臂，把那白雪般的剛採摘的蓮藕切成細細的藕絲。男士們格外殷勤，喜笑顏開。佳麗們放開歌喉歌唱。靜美的竹林裏喧鬧沸騰。鳥兒都驚叫着飛去了。

俗話說，天有不測風雲。突然間，一塊黑雲飛過來，黑壓壓地停在眾人頭頂之上。要下雨了，豈不掃興？正在狂歡的興頭上，天公真是不做美啊！

　　如此這般，如何是好？詩人看大家沮喪的樣子，笑呵呵地勸慰道：「不過一片雲，小雨片刻而已。怎能失了這番辛苦和雅興？這樣吧，我即興賦詩一首，紀念今日小小歡樂，如何？」

　　眾人齊聲道：如此甚好！

　　不過沉吟片刻，詩人就完成了這首作品。美景韶光，公子佳人，歡歌笑語，野宴遇雨，都收入其中了。

　　這首詩可以說並不符合我們通常印象中杜甫作品的風格與題材，它描寫了青年男女遊湖輕鬆悠閒的氛圍。本詩屬於同題目組詩二首之一，另一首詩的內容接續了本詩，描寫了風雨來時小船在水中沉浮，以及船上歌姬的反應：

雨來沾席上，風急打船頭。
越女紅裙濕，燕姬翠黛愁。
纜侵堤柳繫，幔捲浪花浮。
歸路翻蕭颯，陂塘五月秋。

金句學與用

片雲頭上黑，應是雨催詩。

　　這兩句詩寫到青年人出遊準備寫詩，卻看到船外飄來雨雲，於是作者和年輕人們開了個玩笑，說雨雲到來，是在催促船上的人快點寫出詩來。這兩句詩既扣題，描寫了當時的景色，又體現出鮮活的生活趣味，我們寫作時可以參考。

詩詞
自己讀

江 村

唐　杜甫

清江[1]一曲抱村流，長夏江村事事幽。

自去自來堂上燕，相親相近水中鷗。

老妻畫紙為棋局，稚子[2]敲針作釣鉤。

但有故人供祿米[3]，微軀此外更何求。

註釋

1. 清江：清澈的江水。江，指錦江，岷江的支流，在成都西郊的一段稱浣花溪。
2. 稚子：年幼的兒子。
3. 祿米：古代官吏的俸祿，這裏指錢米。

彎曲清澈的江水環繞着村莊，靜靜流淌。長長的夏日，江邊的村莊恬靜幽雅，事事處處充滿濃郁的生活情味。

屋簷下樑上的小燕子輕快活潑地飛來又飛去，那麼自由自在。江面上白鷗振翅，飄逸地忽遠忽近，一對對相伴相隨。

年老的妻子正專心地在紙上畫棋盤。年幼的孩子把一根鐵針敲彎，用來做魚鈎。

只要老朋友能夠不斷地接濟我全家的米錢，我這微末之人除此之外還有何求呢？

這首詩講述了杜甫怎樣的心情？你認為這首詩與他同時期《茅屋為秋風所破歌》等具有憂國憂民情懷的詩歌在心境上有矛盾嗎？

詩詞帶我讀

詩詞中的美景

　　詩人歷經戰亂與顛沛流離的生活之後，終於在親戚友人的資助下，於成都郊外浣花溪築成一所草堂，暫時安定了下來。

　　初夏，白晝漸長，暑熱炎炎。一條清澈的江水環繞着小村莊，靜靜地流淌。村莊的樹木成羣，在得天獨厚的自然環境中，生長得青翠茁壯，處處濃蔭蔽日。草堂旁數株桃杏已落盡朵朵花，如今綠葉濃密，結出了顆顆小果實。叢叢翠竹依傍着清清溪流，清風徐來，帶來陣陣清涼。柳樹也隨微風輕輕搖盪着細長的枝條，那麼的閒適。真是美妙的夏日時光啊！

　　詩人漫步於新落成的村居草堂四周，感受着夏日特有的幽靜恬適。那一顆憂憤不安的心，總算有了幾分安寧。

　　他在柳林中享受陰涼。在竹林裏觀賞翠竹。他看到家家屋簷樑上的小燕子，自由自在地飛來又飛去，那麼輕快活潑。江面上，成羣的白鷗忽高忽低、忽遠忽近地飛翔，對對相隨相伴，那麼的自如灑脫。

　　詩人欣賞着景物，自覺心曠神怡。懷着愉悅的心情，他回到草堂，回到他新近落成的家。他看見年老的妻子正伏在案前，專心地在一張紙上描畫着棋盤。真是耐心，真有好興致啊！他再轉頭，又見年幼的孩子，拿着一顆鐵釘，把它敲彎作魚鈎，準備去釣魚呢。

　　多年遠離家鄉，漂泊在外的詩人，這顆心猛然間被感動了。這一家老小享受天倫之樂的場面，不正是他嚮往了許久的嗎？

這草堂雖簡陋，卻能讓他和妻子孩子安然地共處，不再四處流浪，遠離家人，詩人已經心滿意足了。

儘管他奔波一生，心懷天下，壯志未酬，倍受流離之苦，遭遇仕途上的艱難困苦，而在此時，也不過靠親戚和友人的資助過生活，並沒有長久的保障，但他對這樣優遊閒適的日子，覺得也應當感恩了。

詩人已年老，常常患疾病。他只求闔家團聚，溫飽而已，哪裏再敢有甚麼奢求呢？

詩詞小知識

杜甫在這首詩中寫到，是因為有一位朋友接濟他全家糧食錢物，他們才能過這樣平靜的鄉村生活，那麼這位熱心的朋友是誰呢？

很多人認為，這位朋友應當是嚴武。嚴武字季鷹，華州華陰人。他是一名武將，性格強悍暴躁，曾大破吐蕃，歷任劍南節度使、檢校吏部尚書，封鄭國公。杜甫在安史之亂後前去投奔這位朋友，嚴武愛惜杜甫的才學，多次勸他出仕，最終杜甫在嚴武幕府任檢校工部員外郎，由此得到「杜工部」的別稱。嚴武自己也會寫詩，《全唐詩》收錄其六首作品，他曾經寫過描寫其軍旅生涯的《軍城早秋》：「昨夜秋風入漢關，朔雲邊月滿西山。更催飛將追驕虜，莫遣沙場匹馬還。」杜甫讚美他的詩歌「詩清立意新」，與其多有互相唱和酬答之作。嚴武受朝廷召喚入朝時，杜甫寫了一首《奉濟驛重送嚴公四韻》送別朋友，其中便提到了自己在嚴武幫助下的江村生活：

遠送從此別，青山空復情。
幾時杯重把，昨夜月同行。
列郡謳歌惜，三朝出入榮。
江村獨歸處，寂寞養殘生。

　　雖然在嚴武的幫助下，杜甫在四川過着平靜的生活，但好景不長，嚴武四十歲時因病去世，杜甫的這段鄉居時光也就走到了尾聲。

金句學與用

清江一曲抱村流，長夏江村事事幽。

　　這兩句詩敍述了詩人居住村落的位置與詩歌發生的時間背景。第一句的「抱」字尤其生動，把江水擬人化，活靈活現地守護着村莊，比寫一條江水繞着村莊，或者江水圍在村子周邊更加別致。描寫自然景物時，讀者也可以參照這種寫法。

曲江[1] 對酒

唐　杜甫

苑[2]外江頭坐不歸，水精宮殿轉霏微[3]。

桃花細逐楊花落，黃鳥時兼白鳥飛。

縱飲久判[4]人共棄，懶朝真與世相違。

吏情更覺滄洲[5]遠，老大徒傷未拂衣[6]。

註釋

1. 曲江：曲江池，舊址在今陝西西安市東南，因池水曲折而得名，是唐時京都長安的第一勝地。
2. 苑：曲江池南岸的芙蓉苑，是隋唐兩代的皇家禁苑。
3. 霏微：景物迷濛的樣子。
4. 判：甘願的意思。
5. 滄洲，水邊綠洲，古時常用來指隱士的居處。
6. 拂衣：振衣而去。

這首詩詞講甚麼？

我久久地坐在曲江池園林外的江邊不願回去。芙蓉殿的景物在視野裏逐漸變得迷濛不清。

那紅紅的桃花輕輕地落，白白的柳絮款款地飛。黃色的鳥兒伴着白鳥一起飛翔。

我終日豪飲也不怕別人嫌棄。懶得參議朝政，我的做法與世人相違背。

微官束身，想去那江邊的一方綠洲做個隱士，奈何年紀不小了，最終不能辭官而去，只有遺憾了吧。

讀完想一想！

1. 詩中作者寫自己整天喝酒不怕別人嫌棄，不想參議朝政，是真的這麼打算嗎？你怎麼想？

2. 為甚麼說作者想要成為隱士而不得？

詩詞中的美景

　　我在曲江池芙蓉苑這座皇家園林外的江邊坐了許久。我心思微茫，甚覺落寞。想到這一生，寒窗苦讀，以文章而成名。今任朝官，鬱鬱不得志，常憂國憂民又空懷志向無以報國。

　　這華貴的宮殿，曾幾何時，歌舞昇平，是帝王嬪妃樂遊之地。而今，漸漸衰落，一派頹廢景象，真不忍細細觀看啊。

　　我久久地閒坐着。四周春光爛漫。桃花正盛開着，朵朵紅豔嬌媚。楊柳正吐絮，楊花輕柔似雪。那桃花輕輕落，柳絮款款飛。紅與白交織，桃花追逐着柳絮，柳絮交纏着桃花，實在有趣。

　　鳥兒也歡鳴飛翔，樹林中生動非凡。黃鶯的叫聲清脆明朗，時時還有白色的鳥兒與黃鶯共舞。黃白二色穿插流動，桃樹林和柳樹林有了羣鳥，仿若一幅絕美的春的畫圖。

　　面對春色，傷春之情不禁油然而生。人世間，哪裏有大自然那般的詩情畫意啊！我的雄心壯志早就被磨損殆盡了。我終日飲酒，陶醉自己，既然遭受嫌棄，不如借酒澆愁。我懶於參與朝政，別人不理解，都說我孤傲獨立。哪裏知道我內心的苦楚啊！

　　世界如此之大，竟沒有我施展抱負的一席之地。那幽僻的世外桃源的生活、那依傍着水邊的隱士居住的一方綠洲、那寂靜的高僧修隱的山野森林啊！我是多麼的嚮往！

　　而我只是一個身在朝廷管制之下的小官吏，無法脫身到那自由自在的大千世界中去，領略另一番做人的樂趣。

　　「致君堯舜上，再使風俗淳」是我一生的政治抱負。所以，雖然年復一年，我也步入中年，至今我竟也未能拂袖而去，辭官而歸故里。

詩詞小知識

　　曲江池從秦漢至隋唐，從天然水池變成古代園林。漢武帝時因這一水池水岸曲折，取名「曲江」。隋代修建大興城，將曲江池納入城廓之中，並改稱「芙蓉池」。唐代大規模營建曲江池，成為長安居民的遊賞勝地，盛唐時期，貴族仕女悠遊宴樂於曲江。考生及第之後也會在曲江池畔聚會開宴席慶祝，當地稱為「長安八景」之一。現代在曲江池的遺址上，建立了曲江池遺址公園。此處附杜甫以《曲江》為題的另兩首名作，作擴展閱讀，並思考這兩首詩與本篇《曲江對酒》包含的意義與感情有何異同：

其一

一片花飛減卻春，風飄萬點正愁人。
且看欲盡花經眼，莫厭傷多酒入脣。
江上小堂巢翡翠，苑邊高冢臥麒麟。
細推物理須行樂，何用浮榮絆此身。

其二

朝回日日典春衣，每日江頭盡醉歸。
酒債尋常行處有，人生七十古來稀。
穿花蛺蝶深深見，點水蜻蜓款款飛。
傳語風光共流轉，暫時相賞莫相違。

金句學與用

桃花細逐楊花落，黃鳥時兼白鳥飛。

　　這兩句詩對仗有趣，描寫了春天活潑的景色，更勾起下文詩人傷春，心中報國無門的感情。在狀景寫法上，讀者可以參照這兩句詩的寫法。

春夜喜雨

唐 杜甫

好雨知時節，當春乃發生[1]。
隨風潛[2]入夜，潤物[3]細無聲。
野徑雲俱黑，江船火獨明。
曉看紅濕[4]處，花重錦官城[5]。

註釋

1. 乃發生：乃，就。發生，萌發生長。
2. 潛：暗暗地，悄悄地。
3. 潤物：滋潤萬物，特指使植物受到雨水的滋養。
4. 紅濕：豔紅的朵朵鮮花被雨水濕潤。
5. 錦官城：故址在今成都市南，亦稱錦城。三國蜀漢時管理織錦之官駐此，於是得名。

這首詩詞講甚麼？

這場雨降臨在正合時宜的節氣，正是春季植物萌發生長，非常需要雨水的時候。實在是下得好啊！

細密的小雨無聲無息，隨着夜裏輕風的吹拂，悄悄地下了起來。它滋潤了萬物，濕潤了泥土。不僅樹木花草會因此迅速生長，地裏的莊稼也受益匪淺啊！

田野間的小路昏黑一片。天空佈滿了黑色的陰雲。只有江上船隻的漁火獨自發着明亮的光。

清晨，看見被雨水打濕了的一叢叢的紅花，帶着露珠，嬌媚妍麗，使整個錦官城的大街小巷披上了濃豔的色彩。

讀完想一想！

試描寫你家周圍春天夜裏下雨的景象。

詩詞中的美景

　　詩人杜甫過了很久的顛沛流離的生活。後來一度定居在成都。在「花溪草堂」他親自種菜養花，躬耕於田。他對自然寄予了深情，因而能細細體察，寫出了這首有關春雨的詩。

　　好像知道時節已到，植物最需要雨水。一個春天的夜晚，天公下了一場雨。

　　詩人未眠，他傾耳細聽，發覺窗外輕風吹拂，隨後小雨開始墜落。細細密密的，悄悄地滋潤着萬物，洗滌了灰塵，浸濕了土地。不僅樹木花草會因此迅速生長，地裏的莊稼也受益匪淺啊！

　　俗話說：「春雨貴如油。」的確是的。嚴冬剛剛退去，温和的春天來了，植物正是萌發生長的時候。真可謂及時雨啊！小雨好可愛。夜間，萬籟俱寂，鳥兒都歸巢了。人們忙碌了一白天，也都安靜地進入了夢鄉。小雨這個時候才前往，既不給人們帶來任何的不便，也使植物及時受益。

　　詩人步出草堂，站在迷濛的細雨之中。他要親自觀賞一番這可愛的夜雨。這雨激發了他熱愛大自然，尤其喜愛美麗的春天，喜愛沾衣不濕的春雨的情懷。

　　小雨輕輕地落在他臉上，他覺得好親切。他呼吸到了春的氣息，心曠神怡。舉目望天，天空黑沉沉的，寂寂無聲。小雨也無聲，兀自不緊不慢輕輕地下着。

　　他心中升起到江邊去的慾望。只見烏雲密佈，昏黑一片，天地迷

濛，野外的小路也看不清楚了。儘管這樣，他還是沿着小路走到江邊。雨幕掩蓋了天地。只有江上的漁火，獨自發出亮亮的光。

　　他不由得想，明日一早，天光剛亮，雨停放晴時，那一簇簇的花兒，朵朵承接了雨露，有的頭都抬不起來了。許多的花瓣落在了泥土上。落紅無數，化作春泥更護花了。錦官城滿街繁花盛開，人們都會因賞花而感到十分愉悅。

詩詞小知識

　　杜甫草堂位於今天中國四川省成都市青羊區的浣花溪公園旁，759年，杜甫因安史之亂流亡成都，在友人嚴武的幫助下於浣花溪畔蓋起了一座茅屋，並在此居住了四年。直到嚴武去世，杜甫才離開成都。杜甫在草堂居住期間，共作詩兩百四十餘首，其中有《草堂即事》、《懷錦水居止二首》、《茅屋為秋風所破歌》、《春夜喜雨》、《蜀相》、《絕句四首（其三）》、《江村》等。今天杜甫草堂／花溪草堂的建築已經很少有唐代的痕跡，大都是明清修建的建築。1985 年，杜甫草堂改名為杜甫草堂博物館。今天博物館大門額匾上刻有郭沫若手書的「杜甫草堂」四字，內部建築羣分為大雅堂、詩史堂、柴門、工部祠、少陵草堂碑亭等展覽區，復原了當年杜甫居住期間的一些陳列與物品，展示杜甫詩歌中的景象。在文物與出版物方面，杜甫草堂博物館展出中國從宋代以來歷代出版的各種杜甫作品的刻本和鉛印本，還有杜甫作品的各種文字的翻譯本。

隨風潛入夜，潤物細無聲。

這兩句詩使用了擬人的手法，「潛」和「細」突出了春雨的溫柔、及時與寧靜。現在這兩句詩又被用來指代某些事物或者教育無聲無息地影響人們。

喜見外弟[1] 又言別

唐 李益

十年離亂後，長大一相逢。

問姓驚初見，稱名憶舊容。

別來滄海[2]事，語罷暮天鐘[3]。

明日巴陵道[4]，秋山又幾重。

註釋

1. 外弟：表弟。
2. 滄海：即化用滄海桑田的成語，比喻人世變化巨大。
3. 暮天鐘：寺廟裏黃昏時的鐘聲。
4. 巴陵道：指湖南岳陽。就是詩中表弟要去的地方。

經過十年動盪離亂的生活，我和表弟都長大成人，我倆也有十年未曾見面了。突然，有一天我和他意外相遇。

我們已經認不出彼此。當我問及他的姓名時，才驚異地知道他是表弟。我不禁陷入了回憶之中，回想着當年他的模樣。我倆聊了許多人世間滄海桑田般的變化。說着說着不覺天色已晚，只聽得寺廟裏響起了鐘聲。明天我們又要分別，表弟要去的巴陵，離我這邊又隔着多少秋天的山巒呢！

1. 你有過偶然見到很久不見的親戚朋友的經歷嗎？當時的心情如何？

2. 試想像詩人和表弟兩個人談了些甚麼內容。

詩詞中的美景

　　我和表弟，自小經常一起玩耍，性格相投，親密如親兄弟一樣。

　　我倆騎竹馬、打雪仗，春節放爆竹、穿新衣，還一起誦讀古代聖賢書。童年和少年是多麼的快樂啊！

　　後來，社會動盪，發生了安史之亂。在離亂中我倆隨各自的家庭各奔東西，無法來往，並且斷絕了音信。儘管相互想念，也實在見不到了。

　　這十年我們都從少年長大，成了男子漢了。突然有一天，我倆意外相遇。那是在一次聚會上，我和幾位詩友一起飲酒。席上，有個從未謀面的小伙子。我並不知他的名和姓，我們就攀談了起來。

　　「你叫甚麼名字啊？」我問他。

　　當他說出姓名時，我大為吃驚，這不是表弟的名字嗎？

　　十年音信渺茫，生死未卜，實在沒有期望有再能相逢的一日。再問了他家鄉是哪裏，又報上我的姓名之後，我倆便都明白了。原來面前的陌生人，就是十年前曾一起嬉戲的表兄弟啊！

　　我激動萬分，一邊叫着表弟的名字，一邊仔細地端詳着他，在回憶中搜尋表弟過去的模樣，回憶小時候的快樂時日，是多麼欣喜啊！

　　席散後，我和表弟不願分手，於是步行到附近一座山上，在山坡上坐下來慢慢地說話。十年分離，一朝相遇，有多少話要說啊！真是千

頭萬緒，不知從何說起啊！我倆彼此訴說了個人和親友這十年的種種經歷，也談到社會的種種變化。

滄海桑田，人世間的離亂苦難，哪裏就說得完哪！

兄弟情深，只顧交談，忘記了觀望天色。旁邊寺廟的鐘聲悠揚地傳了過來，方才醒悟到，不知不覺就到了黃昏時分了。

親友之間不期而遇，本就十分驚喜。但是得知表弟明日便要離開此地奔赴巴陵，我心裏不免又惆悵起來。

秋日的山巒，漫山遍野的楓葉紅得如雲似霞。正是這重重大山，阻隔了我和表弟，又一次的不能長相守啊！我感到無奈又憂傷，只好當即賦詩一首贈予表弟。這重逢的喜悅，分離的憂愁，就全都體現在詩中了。

詩詞小知識

　　李益（748 年─829 年），字君虞，唐代詩人。隴西姑臧（今甘肅武威）人。他的詩很受當時樂工歡迎，四處傳唱。他擅長寫七絕，以寫邊塞詩知名。作品留存至今的有《李益集》二卷，《李君虞詩集》二卷。本詩作於安史之亂以後，因為戰亂的關係，包括李益表兄弟在內的很多人親友離散，本詩最後兩句，不免令人聯想到杜甫的《贈衛八處士》：

> 人生不相見，動如參與商。今夕復何夕，共此燈燭光！
> 少壯能幾時？鬢髮各已蒼！訪舊半為鬼，驚呼熱中腸。
> 焉知二十載，重上君子堂。昔別君未婚，兒女忽成行。
> 怡然敬父執，問我來何方？問答乃未已，驅兒羅酒漿。
> 夜雨剪春韭，新炊間黃粱。主稱會面難，一舉累十觴。
> 十觴亦不醉，感子故意長。明日隔山嶽，世事兩茫茫。

金句學與用

別來滄海事，語罷暮天鐘。

　　這兩句詩中第一句詩人用「滄海事」一語概括了十年社會和家庭翻天覆地的變化。這裏化用了滄海桑田的典故，突出了十年間個人、親友、社會的種種變化，同時也透露了作者對社會動亂的無限感慨。後面這一句沒有直接說明二人敘舊講的話之多，感情深厚，只從側面描寫談話完畢寺廟已經敲響晚鐘來體現這點，讀者在寫作中可以借鑒這點。

咸陽城東樓

唐　許渾

一上高城萬里愁，蒹葭楊柳似汀洲[1]。

溪雲初起日沉閣[2]，山雨欲來風滿樓。

鳥下綠蕪秦苑夕，蟬鳴黃葉漢宮秋。

行人[3]莫問當年事，故國東來渭水流。

註釋

1. 汀洲：水中小洲。
2. 溪雲初起日沉閣：烏雲剛在溪水邊升起，夕陽已經沉落到樓閣後面。這裏的溪，指磻溪；閣，指慈福寺。
3. 行人：路過的過客，這裏指古往今來包括作者在內經過此地的人。

這首詩詞講甚麼？

　　一登上咸陽高高的古城樓，滿懷的愁緒如萬里之闊。舉目一望，蘆荻蒼蒼莽莽，環繞水邊。楊柳迷迷濛濛，如煙似霧，浩蕩遍野。水畔景物竟然類似江南水上小洲的樣子。

　　忽見陰雲從磻溪上空聚集。太陽也正西沉，漸漸靠近慈福寺閣了。城樓上驟然吹起陣陣涼風，眼看就要下雨了。

　　鳥雀迅速地逃進古都禁苑的綠樹叢林裏。蟬兒驚叫着躲進宮殿枯黃的老樹上。

　　遊子旅人啊，請不要過問往昔歷史上的事情吧。詩人由東而來到這座古城遊覽，結果只見滿目蒼涼，一派蕭瑟。只有那渭水，依舊千古不變地流淌着。

讀完想一想！

　　試說明詩人在這首詩中產生了怎樣的懷古之情。

詩詞中的美景

　　古今多少事，都付笑談中。話說陝西咸陽本是秦漢兩朝的國都，至唐代早已衰沒。詩人因慕古都名氣，特意由東面的家鄉潤州丹陽來此地，準備遊覽憑弔一番。

　　一個秋日，詩人登上了高高的古城樓，放眼一望，憂愁猶如萬馬奔騰，以千里之遙、萬里之闊的氣勢，立即在胸中激盪起來。

　　他看見蘆荻環繞着水邊，蒼蒼莽莽地蔓延開去。楊柳迷迷濛濛，如煙似霧，浩浩蕩蕩遍及原野。

　　他不禁想起家鄉，江畔有許多的蘆荻開着白花。水中的小塊陸地上，總有楊柳數株。而眼前這樣的景物，除了氣勢上更加浩大荒涼些，那蘆荻搖盪、楊柳籠煙，倒有幾分像江南風貌了。

　　一條渭河，在秦中大地蜿蜒鋪開，無視滿目的荒涼頹敗，兀自流淌着。

　　詩人憑欄遠眺，心中感慨萬千。不知過了多少時候，忽然見到陰雲從磻溪上空聚集，霎時天色黑沉下來。太陽也正西沉，漸漸隱隱約約地靠近慈福寺閣了。

　　正當日薄西山之際，城樓上又驟然吹滿了陣陣涼風，整座高樓的氣氛顯得蕭瑟而淒涼。眼看一場山雨就要到來了。鳥雀也知天氣變化，迅速地逃進古都禁苑的綠樹叢裏。蟬兒驚叫着躲進宮殿枯黃的老樹上去了。

　　詩人見此情此景，弔古傷今之情油然而生。想當初，咸陽城何等繁

華昌盛，是歌舞昇平的場所，市井繁華之地。而今，深宮頹敗，禁苑荒蕪，蘆荻遍野，楊柳衰敗，滿目蒼涼，一派蕭瑟。只有那渭水，依舊千古不變地流淌着。

　　遊子旅人啊，請不要過問咸陽城的故事了吧。盛衰交替、朝代輪換，本是歷史規律啊！西風殘照裏，詩人唏噓不已。

詩詞小知識

　　這首詩的作者是唐代的人，觀看的也是唐代的風景，為甚麼詩中會出現「秦苑夕」和「漢宮秋」呢？這一部分是因為咸陽長安一帶本來就是秦、漢兩個王朝的都城所在，另一方面亦是因為唐代詩人有以秦漢喻唐的傳統。詩人寫秦代漢代的古都宮殿淒涼蕭瑟，風雨欲來，指代的也是唐末虛弱無力，危機四伏的朝廷。

　　唐詩中以秦漢喻唐的傳統，可以體現在多個方面。以上是一種情況。此外還有以漢代皇帝指代唐代皇帝（舉例：白居易《長恨歌》中「漢皇重色思傾國」）；以秦漢時期將士、邊塞關隘指代唐代的同類人與物（舉例：王昌齡《出塞》中「秦時明月漢時關」，高適《燕歌行》中「漢家煙塵在東北，漢將辭家破殘賊」）；以秦漢時期的匈奴及其首領代指唐代邊疆與中原交戰的外族與其首領（舉例：盧綸《塞下曲》：「月黑雁飛高，單于夜遁逃」）。詩人選用這種方式寫作，既有景仰歷史上強盛朝代，展示唐人豪情的意味，也有借古諷今，指責當朝統治者失誤的目的。

山雨欲來風滿樓。

這一名句生動地描繪了山雨將至的景象，亦隱喻詩人所在的唐王朝末期日薄西山，危機四伏的局勢。後來人們講這句話用來比喻重要事件發生之前緊張凝滯的氣氛，引用於許多場合。

遊子吟

唐 孟郊

慈母手中線，遊子身上衣。
臨行密密縫，意恐[1]遲遲歸。
誰言寸草心，報得三春[2]暉[3]？

註釋

1. 意恐：擔心。
2. 三春：農曆正月為孟春，二月為仲春，三月為季春，合稱三春。
3. 暉：陽光。

慈愛的母親手裏拿着針和線，給即將遠行的兒子縫製衣裳。

要出發了，母親把針腳縫得密密的，讓衣服更耐穿，就怕兒子很久才歸來。

子女對母親來說彷彿小草，誰說微弱的小草能夠報答得了像春天的陽光那麼溫暖的母愛呢？

1. 這首詩從哪幾個方面說明了母愛的偉大？

2. 你還能說出哪些歌頌母愛的古詩詞或典故？

詩詞中的美景

　　都說母愛最無私。母愛柔情似水，細膩體貼，無微不至。天下有甚麼比得上母親的愛呢？

　　孩子即將遠走他鄉，母親心中非常掛念。她會想到孩子孤身一人在外，衣食需要自理，冷暖無人關懷，一切都要靠他自己了。

　　母親怎能不掛牽？她又能為孩子做些甚麼？只有為他親手縫製幾件衣裳吧。看那母親，手裏拿着針和線，仔細認真地一針針縫好。她縫的針腳那麼密那麼結實，生怕孩子歸來得遲，衣裳有針腳鬆動或破了的地方。或許，想起子女就要離開家鄉，還要淚下沾衣呢！

　　「向來多少淚，都染手縫衣。」

　　天下有誰能比得上母親對孩子的那種愛呢？沒有母親的孩子多麼孤苦無依啊！有母親的人，即使離家萬里，也能感受到母親的關懷，內心便不覺孤獨，充滿幸福。

　　母親給了我們生命。她把我們一點點養大。辛苦備至，從無怨言。不論孩子多大年紀，在母親面前永遠是孩子。母親永遠會竭盡全力地照顧子女。

　　每一個人對於母親來說，都只是一棵小草。春天的陽光普照大地，小草才有了勃勃生機。子女就像小草，母愛就如陽光。小草再感激陽光，又怎能報答得了那種博大、深厚、明媚、温暖的愛呢？

孟郊（751 年 − 814 年），字東野，湖州武康人，唐代著名詩人。他的詩作主要內容是中下層文人窮困艱難，鬱鬱不得志的情緒，還反映了社會現實，揭露世態炎涼、民間疾苦，故有「詩囚」之稱，與賈島並稱「郊寒島瘦」。孟詩現存五百多首，以短篇五古最多。今傳本《孟東野詩集》10 卷。

金句學與用

誰言寸草心，報得三春暉。

子女像小草一樣微弱的孝心，哪裏能報答得了母親像春天陽光般的慈愛呢？這兩句詩流傳千古，成為歌頌母愛無私偉大的名句。

詩詞自己讀

漁歌子[1]· 西塞山前白鷺飛

唐　張志和

西塞山[2]前白鷺飛，
桃花流水[3]鱖魚肥。
青箬笠[4]，綠蓑衣[5]，
斜風細雨不須歸。

註釋

1. 漁歌子：詞牌名。此調又名《漁父》或《漁父樂》，像是民間的漁歌。
2. 西塞山：在浙江湖州。
3. 桃花流水：春天桃花盛開時江河水暴漲，俗稱桃花汛或桃花水。
4. 箬笠：竹葉或竹篾做的斗笠。
5. 蓑衣：用草或棕編成的雨衣。

西塞山前，白鷺飛翔旋舞。桃花盛開，河水漲滿。河中鱖魚肥嫩可口。

頭戴青色笠帽，身披綠色蓑衣的漁翁在河裏垂釣鱖魚。

春天的微風和細細的雨絲很舒適，不需要放棄釣魚的樂趣，回到家中。

試着說明本篇詞中漁夫的形象，以及他所代表的詩人的情感。

詩詞中的美景

　　春天，多麼美好清新的一幅圖畫啊！大雪紛飛的寒冬好容易過去了。江南早春，桃花汛期。陽光明媚，雨水漲滿了河流湖泊。萬物萌發，百花齊放，和風習習。人們脫下冬裝，步出家門，在春光裏愉悅地做各種活動。

　　西塞山上樹木返青，松柏被春雨滋潤得青翠欲滴。柳絲飄飄搖搖，搖東倒西。草兒青青，野花漫山遍野，五彩繽紛。

　　山前，一行白鷺上青天。牠們沐浴着溫暖的陽光，雪白修長的身影翱翔旋舞，自由自在，彷彿歡迎着春天的降臨。山下的小河流，雨水已經漲滿了，一路嘩嘩地響着，淙淙流淌。

　　岸上桃花成林，殷紅的花朵點綴着豔美的春色。遠觀如雲似霞，一片花海。河裏的魚兒歡快地游來游去，嬉戲玩耍。牠們也感受到了春水的溫暖。尤其那黃褐色的鱖魚，正是肥美鮮嫩的時候。

　　如此賞心悅目的美景，充滿活力的小河，哪能沒有垂釣的漁翁呢？

　　看那個頭戴青色笠帽，身披綠色蓑衣的老頭，正在河邊手拿魚竿，拋魚線到水中，就靜靜地不動，專等魚兒上鈎了。

　　漁翁心中喜氣洋洋。有時他望望蒼翠的西塞山，有時他觀賞一下桃花林，再低頭看碧綠得近似於藍色的河水和那些遊玩的小魚，心裏滿是充沛的歡樂。

　　漁翁已經陶醉了，陶醉在春天宜人的韻律裏了。此刻，他不僅僅是

個盼望魚兒上鈎的漁翁，更是個醉心的賞春人了。

微風輕飄飄地吹着。忽然，下起了小雨。那雨絲被風吹得斜斜的，空中珠玉亂濺。可是有笠帽和蓑衣，怕甚麼雨呢？

煙雨迷濛，青山逶迤疊翠。白鷺依然飛翔。細雨中桃花越加嫵媚。柔和寧靜的春色啊，一幅絕妙的山水垂釣畫圖。

漁翁一蓑煙雨，悠然自得，超凡脫俗。哪裏還顧得上回家，回到那人間迷霧中去呢？

詩詞小知識

張志和，字子同，初名龜齡，自號煙波釣徒，又號玄真子，婺州（今浙江金華）人。唐代道士、詞人和詩人。他撰寫的《漁歌子》共有五首，分別詠西塞山、釣台、雲溪灣、松江和青草湖，描述了江南的美麗風光和漁夫超逸閒適的格調。其中詠西塞山一首（即本篇）最為出名，不但為蘇軾、黃庭堅等宋代著名文人所喜愛模仿，還傳到當時的日本，受到嵯峨天皇的讚賞。天皇在賀茂神社開宴賦詩時仿張志和作品連寫五首《漁歌子》，並令貴族百官唱和，這批詞對後來的日本漢詩亦起到一定影響。以下列出張志和另四首《漁歌子》，作擴展閱讀：

漁歌子‧釣台漁父褐為裘

釣台漁父褐為裘，
兩兩三三舴艋舟。
能縱棹，慣乘流，
長江白浪不曾憂。

漁歌子‧雲溪灣裏釣魚翁

雲溪灣裏釣魚翁，
舴艋為家西復東。
江上雪，浦邊風，
笑着荷衣不歎窮。

漁歌子‧松江蟹舍主人歡

松江蟹舍主人歡，
菰飯蒓羹亦共餐。
楓葉落，荻花乾，
醉宿漁舟不覺寒。

漁歌子‧青草湖中月正圓

青草湖中月正圓，
巴陵漁父棹歌連。
釣車子，橛頭船，
樂在風波不用仙。

金句學與用

青箬笠，綠蓑衣，
斜風細雨不須歸。

　　這裏的漁夫是閒適快樂，超凡脫俗的。通過簡單而充滿色彩的描述，漁夫的形象就躍然紙上了。

詩詞
自己讀

竹枝詞[1]‧楊柳青青江水平

唐　劉禹錫

楊柳青青江水平，
聞郎江上踏歌聲。
東邊日出西邊雨，
道是無晴卻有晴。

註釋

1. 竹枝詞：樂府曲名。又名《竹枝》。原為四川東部一帶民歌，劉禹錫根據民歌創作此曲名，多寫男女愛情和三峽的風情，流傳甚廣。形式為七言。

江南早春，楊柳青青，江水漲滿。姑娘在岸邊徘徊。

忽然她聽到岸邊傳來了一個小伙子的歌聲。她再看看，東邊的太陽光亮地照着，而西邊，卻下起了小雨。

小伙子啊，你對我的感情，是否也像這天氣一樣，東邊日出西邊雨的，陰晴不定，沒個譜呢？

試着談一談像《竹枝詞》這樣，以諧音表達感情的方式，在閱讀上有何趣致？

詩詞帶我讀

詩詞中的美景

　　愛情自古以來就是個永恆的話題。男女之間的故事，說也說不完。感情世界撲朔迷離，有情人之間揣摩彼此心意，總是煞費苦心，不知怎麼辦才好。

　　話說早春二月，已是風光無限。桃花紅、李花白、杏花粉嫩，柳絲長。吹面而來的楊柳風啊，讓人從心裏感到愉悅。

　　江水被春雨漲得滿滿的，平靜地流淌着。小伙姑娘，在生機盎然的春天，個個英姿勃勃，對生活充滿了美好的幻想。

　　江岸上，排排楊柳盡顯蔥綠。柳枝沐浴着溫煦的陽光，在微風中飄飄搖搖，好像佔盡春光，很愜意似的。一排楊柳，一排桃樹。殷紅的桃花襯托着碧綠的柳枝，春風駘蕩，和諧豔美。

　　這麼怡美的情境，姑娘最美好的情思舒展開來了。她多麼希望有一位健壯多情的小伙子對自己表達感情啊！

　　而在一羣小伙中，只有一個是她朝思暮想的。只是他並沒有對她說過甚麼，她目前只能暗地裏思念他就是了。

　　她常常盼望着他的表白，暗中窺伺他的言行，看他是否對自己有情意。

　　這一日，姑娘正在岸邊徘徊，眼裏看的是風景，心中想的卻是夢中的那個小伙。忽然，她聽到岸上傳來了歌聲。悠揚的歌聲，隨風傳了過

來。是他，就是自己心儀的小伙子。他一邊朝自己這邊走來，一邊唱着。

　　他也在這兒。他還在歌唱，發自內心地抒發着愉快的心情。姑娘的心激起了漣漪，開始不平靜了。

　　這時姑娘發現，東邊，陽光正明媚；而往西邊看，怎麼小雨唰唰地下起來了？

　　相隔並不遙遠，如何天氣會有這麼大的變化？

　　姑娘搞不懂了。她恍恍惚惚地覺得，這東邊日出西邊雨，是不是老天在暗示我：姑娘呀，你不要太多情。誰知那小伙子心中有你沒有呢？年輕人的心不好琢磨，就像這會兒的天氣，瞬間日出瞬間雨，哪有個正常呢？

　　哎呀，姑娘心裏拿不定主意了。她在心裏問那小伙：你對我，是有情還是無情呢？你是不是就像老天一樣，晴雨不定？說它是晴天，西邊下着雨；說它是雨天，東邊又出着大太陽。到底是晴還是雨，真令人看不透，沒個譜？

　　這多情的季節，多情的人兒啊！

詩詞小知識

　　竹枝詞原是古代四川一帶的民歌。它的形式多為七言，但在押韻方面更加自由。內容體現夔州一帶的生活與民俗，語言清麗淺近，感情自然，語句中還時常出現具有地方方言特色的詞彙。劉禹錫被貶謫到這一帶後，採用這一題材依調填詞，創作出了許多既有地方特色，也有文人氣質的作

金句學與用

東邊日出西邊雨，道是無晴卻有晴。

　　這兩句詩用諧音雙關的手法，將當地天氣晴雨莫辨與愛情的捉摸不定聯繫在一起，表現出少女忐忑不安的微妙感情，歷來為人們所引用。

竹枝詞·
山桃[1] 紅花滿上頭[2]

唐　劉禹錫

山桃紅花滿上頭，
蜀江[3]春水拍山流。
花紅易衰似郎意，
水流無限似儂[4]愁。

註釋

1. 山桃：野桃。
2. 上頭：山頭，山頂上。
3. 蜀江：泛指四川境內的河流。
4. 儂：我。

這首詩詞講甚麼？

　　春天，山頭上開滿紅紅的桃花。蜀地的江水拍打着山崖向前流去。

　　桃花雖然豔紅，但很快就衰敗了，就像郎君的情意曇花一現。而江水不息地向東流，就像我的愁苦綿綿不斷。

讀完想一想！

　　本篇如何運用比喻，來表達主人翁的感情？

詩詞中的美景

　　痴心女子負心漢，自古多少詩詞歌賦以此為主題。

　　話說那蜀地有山有水的地方，有個女子。她正值青春妙齡，曾經有個情郎。他待她非常好，兩人海誓山盟，永不分離。女子當然信守諾言，深情似海。但不幸的是，情郎變了心，最終把她拋棄了。

　　女子受到這個打擊，自是萬分痛苦。有一天，她覺得生活對自己太殘酷，又沒辦法從失戀的苦痛中解脫出來，就信步走出了家門。正是春光燦爛的季節。這一路上，風景美不勝收。山巒蒼鬱，江河長流，豔陽高照，草長鶯飛。

　　女子愁苦的心境有了些緩解，她走到一座山下。這山不算太高，山崖疊翠，鬱鬱蔥蔥。山前一條河流，嘩嘩地向東流去。

　　她忍不住駐足觀看，只見頭上山頂，紅豔豔的桃花盛開着。許多株桃樹密密的，形成一片小桃林。真讓人以為是雲霞落到山頭上了呢。

　　再低頭，她看見那條河水勢激越，一邊流淌，一邊有力地拍打着山崖蒼岩。一江春水向東流啊，流不盡這胸中的許多愁！女子不禁淚下沾衣，想起了那負心郎。

　　她回憶起當初與他相知相愛的日子，多麼像殷紅的桃花呀，那麼充滿青春活力！

　　那時的她，就是眼前紅透了的桃花。從含苞到盛放，那麼的依賴於有情郎。桃花就是她自己。山頭就是那情郎啊！沒有山頭，哪來的桃

花？沒有了桃花，那山頭光禿禿的，哪來的生機勃勃呢？

　　可是花無百日紅。沒多久，桃花就會凋謝，樹下落紅無數，化作春泥了。那人綿綿的情意不就像花期那麼短暫嗎？。

　　山高水長，水繞山流。這條河，沿着山勢奔流不息，一邊拍打着山崖，像是十分依戀似的，又不得不往前不停地流啊流，永不停歇。

　　這山崖多像女主人翁的情郎，她就是那流水。長長不斷的河水，就是被遺棄的女主人翁心中的愁思，愁啊愁，永無休止！

　　傳統中國人是含蓄的，他們表達情感，尤其是愛情的方式比較委婉，這種特質體現在詩詞中，就出現了諧音雙關的現象。本篇作者運用諧音詞多義同音的特點，並配合比喻，使得語句言在此而意在彼，達到委婉巧妙的藝術效果。在中國民歌中，這一手法尤為普遍，甚至出現一種名叫「風人體」的題材，清代翟灝《通俗編‧識餘》記載：「六朝樂府《子夜》《讀曲》等歌，語多雙關借意，唐人謂之風人體，以本風俗之言也。」比如魏晉時期樂府民歌《子夜歌》有一首寫道：「始欲識郎時，兩心望如一。理絲入殘機，何悟不成匹。」「絲」諧音「思」；「悟」諧音「誤」，主人翁藉着斷絲難以織成成匹的綢子做比喻，感歎不知因為甚麼原因錯失了大好姻緣。又有一首寫道：「別後常相思，頓書千丈闕，題碑無罷時。」以「題碑」諧音「啼悲」，委婉表達了女子相思的悲苦。

金句學與用

花紅易衰似郎意，水流無限似儂愁。

　　這兩句詩用容易衰敗的花比作情人見異思遷的愛情，用滾滾水流比喻主人翁的愁緒，貼切生動，用有形之物描摹出了無形的感情。

憶江南[1]・江南好

唐　白居易

江南好，風景舊曾諳[2]。

日出江花紅勝火，

春來江水綠如藍[3]。

能不憶江南？

註釋

1. 憶江南：唐代教坊曲名。作者題下自註說：「此曲亦名『謝秋娘』，每首五句。」按《樂府詩集》：「『憶江南』一名『望江南』，因白氏詞，後遂改名『江南好』。」至晚唐、五代成為詞牌名。
2. 諳：熟悉。
3. 綠如藍：綠得比靛藍的顏色還要深。

江南可是個好地方。我曾多次去過那裏，對那兒美好的風景很熟悉。

太陽出來，江邊花朵綻放紅得勝過火焰。春天到來，江水碧綠得近乎靛藍色。

這麼美的景色，我能不時常回憶嗎？

1. 作者讚美江南風景時，為何選取江花春水，而不是別的景色？

2. 白居易的這首詞歷來被人稱頌為「鮮明如畫」，請點出詞中格外具有畫意之處。

詩詞中的美景

俗話說：「上有天堂，下有蘇杭。」可見江南的蘇州和杭州有多麼令人迷醉了。

大詩人白居易就曾經先後擔任過杭州刺史和蘇州刺史。在他的青年時期，也曾漫遊過江南。

詩人獨愛江南風景，即使離開了蘇杭，也總是念念不忘。因此在他六十七歲多病之時，就作了《憶江南》三首詞。《江南好》是第一首。

江南的風景天下第一。那裏山清水秀，青山處處，峯巒疊翠。河流溪水，環繞着逶迤不斷的山巒，永不停息地奔湧流淌。江南四季如春，林木常綠長青，鮮花終年怒放。

江南的風景，白居易曾經很熟悉，現在也時時能回憶起。白居易一想起那裏迷人、得天獨厚的氣候風土，美麗景色，就抑制不住地產生思念之情。

太陽升起，普照着江南大地。萬物都沐浴着明媚的陽光，呈現出勃勃生機。欣欣向榮的氣象令人十分愉悅。

江水瀲灩，一波又一波地向東流。江畔紅花，日出時沐浴在陽光中如火焰般鮮艷。真是一道奇異的景觀啊！到了春天，那江水清透見底，深濃碧綠得勝過靛藍色，那麼的令人陶醉。

單單是這兩個描述，就足以描繪出江南的好風景了吧。

這樣的宜人風物，獨特的迷人風光，白居易怎能不時常去懷想呢？

寫這首詞的時候，詩人年事已高，病居家鄉洛陽。他感歎江南綺麗的風光，因而寫道：「夕照紅於燒，晴空碧勝藍」、「綠浪東西南北水，紅欄三百九十橋」。

說的是江南鮮花火紅、晴空碧藍；處處江河湖泊，水土豐饒；亭台樓閣，雕欄玉砌，秀麗精巧，美不勝收。

他也不禁對洛陽春季的蕭條有所遺憾。他這樣表達：「花寒懶發鳥慵啼，信馬閒行到日西。何處未春先有思，柳條無力魏王堤。」

就是說：洛陽這個地方啊，春天雖然來了，但仍陰寒過冷，那花兒不開，鳥兒也慵懶地叫着。只有魏王堤上的柳條，還帶有幾分弱弱的春色。詩人對江南如此深深的眷戀，發自肺腑的讚譽，終於成就了《江南好》，就不足為奇了。

詩詞小知識

　　白居易的《憶江南》共有三首，第一首在廣義上懷念江南風景，第二、第三首則懷念杭州的風景與他在蘇州見到的歌舞和品嚐過的美酒。從景物到風土人情，這三首詞抓住了白居易對江南印象深刻的各個方面，跨越今昔，如詩如畫，毫不諱言懷戀流連之意，給讀者帶來無窮的審美享受。以下列出白居易《憶江南》的其餘兩首，供擴展閱讀：

其二

　　江南憶，最憶是杭州。
　　山寺月中尋桂子，郡亭枕上看潮頭。何日更重遊！

其三

　　江南憶，其次憶吳宮。
　　吳酒一杯春竹葉，吳娃雙舞醉芙蓉。早晚復相逢？

　　在本冊書，以及本系列的其他分冊中，描寫杭州美景的詩詞已有不少，其中出現最多的描寫意象有春天的桃花垂柳，夏天的荷花與秋天的桂花，還有西湖水天一色、山水相依、人在畫中的美麗景致。其中，杭州意象描寫的集大成者，當屬北宋著名詞人柳永寫的《望海潮》一詞，上闋描寫杭州作為東南一大都會的富麗繁華，人煙稠密；下闋從城市寫到風景，令人無比陶醉。傳說當時的金朝皇帝完顏亮讀到這首詞，對其中「三秋桂子，十里荷花」的景色非常嚮往，甚至興起了揮師南下的心思。後人謝處厚因此賦詩：「誰把杭州曲子謳，荷花十里桂三秋。那知卉木無情物，牽動長江萬里愁。」在此附上柳永《望海潮》全文，供擴展閱讀。

　　東南形勝，三吳都會，錢塘自古繁華。煙柳畫橋，風簾翠幕，參差十萬人家。雲樹繞堤沙，怒濤捲霜雪，天塹無涯。市列珠璣，戶盈羅綺，競豪奢。

　　重湖疊巘清嘉。有三秋桂子，十里荷花。羌管弄晴，菱歌泛夜，嬉嬉釣叟蓮娃。千騎擁高牙。乘醉聽簫鼓，吟賞煙霞。異日圖將好景，歸去鳳池誇。

金句學與用

日出江花紅勝火，春來江水綠如藍。

這兩句詩彷彿畫卷一般，為讀者展現了江南美景。作者選用的比喻精巧，顏色鮮明生動，給人以身臨其境，親眼所觀的感受。

虞美人・春花秋月何時了

五代南唐　李煜

春花秋月何時了[1]？往事知多少？

小樓昨夜又東風，故國[2]不堪回首月明中。

雕欄玉砌[3]應猶在，只是朱顏[4]改。

問君能有幾多愁？恰似一江春水向東流。

註釋

1. 了：結束。
2. 故國：指南唐昔日的京城金陵（南京）。
3. 雕欄玉砌：雕花欄杆和玉石砌的台階。指遠在金陵的南唐故宮。
4. 朱顏：紅顏。有人說這是指住在宮殿裏的人已經換了，指作者的國家滅亡，物是人非。也有人指這是當年居住在宮裏的人容顏老去。

春天的花兒開了，又謝了。秋天的月兒升起，又落下。這春秋輪迴，春花秋月，甚麼時候完結呢？

面對春花秋月，已經過去了的許許多多事情，我怎能忘懷呢？

小樓昨夜又吹起了東風，月亮十分明亮。在這明媚的春天夜晚，我怎能不回憶起故國？

想來那帶雕飾的欄杆、漢白玉砌成的台階都還在，只是物是人非，人的容顏改變了啊。

問我心裏有多少憂愁？正好和那一江的春水是一樣的，滾滾東流，永不停歇。

這裏作者將愁緒比作東流之水，試比較它和本冊中《卜算子·我住長江頭》中以水喻恨的句子在寫作手法上的異同。

詩詞帶我讀

詩詞中的美景

　　人生大起大落，悲歡離合，本是常有的事。但生如李後主享盡繁華，轉瞬變為階下囚，命在旦夕，對月傷懷，迎風落淚，回首往事，心中悲痛不已，承受如此劇烈的逆轉，怕是天下第一人了。

　　當初，他為一國之君。日日笙歌，夜夜歡宴，真是榮華富貴，不可一世。哪裏想得到，突然間家國破碎，一變而成了宋太宗的階下囚，被囚禁起來，失去自由三年有餘。然後，就因為做了這首詞讓歌妓詠唱，被宋太宗毒死了。

　　不論誰人到了這個地步，大概都會「往事不堪回首月明中」的。

　　富於天賦的詞人李煜，自然會寫詞來抒發自己國破家亡的悲哀。

　　來聽聽他的悲聲吧：

　　春天，花兒朵朵，都爭芳鬥豔地盛開了。秋天，月亮到了中秋格外圓，格外明亮。花兒落了，月兒缺了，可是春天有再降臨的時候，花兒又會朵朵盛開，芳香襲人。秋再度來臨，那月兒自會又大又圓，金色玉盤似的，掛在天上，向美好而無常的人間傾瀉清輝。這自然界的花開花落、月升月落，千萬年來循環往復，甚麼時候能夠了結呢？

　　大自然神奇的種種現象永不會停止運行。李煜卻由天堂落到了地獄。他本是堂堂的一國之君啊，怎麼也沒想到，一夜間就淪為囚犯了。

　　當失去了自由的時候，李煜才痛切地了解了人生。原來，歡樂如此

短暫，苦難卻可以隨時由天而降啊！回首他當國君之時，何等榮耀！而今，往事一樁樁歷歷在目，又如何能不悲痛萬分呢？

這座小樓啊，昨夜又颳起了東風，使他想起故國家園，那時的東風也這樣的勁吹，吹開了璀璨明媚的春。

昨晚的月兒分外明麗，月光一瀉千里，普照人間。唉，往事不堪回首啊！那華麗的宮殿，有着精雕細琢的欄杆的亭台樓閣，應該還在，只是華美的顏色有些頹敗了吧？那漢白玉的層層壯美的台階，也應當依然如舊時的模樣，只不過，有些荒涼景象了吧？

於是李煜心中的憂傷，洶湧彭拜，此起彼伏。我的憂愁悔恨啊，充斥了胸膛。

生命已經不可進取，只能等待終點到來。要問詞人有多少愁思呢？就像一江春水，滾滾東流！

同一首詞中，春花秋月，多麼美麗！不堪回首，幾多愁？又是多麼的血淚交融！一首亡國之恨的詞，一首生命的悲歌，千古詞人，李煜第一。

詩詞小知識

在中國歷史上，有兩位著名的「文藝」亡國皇帝，一位是北宋書畫絕妙的宋徽宗，另一位是五代十國末期，擅長填詞的南唐後主李煜。李煜（937年－978年）原名從嘉，字重光，號鍾山隱士、鍾鋒隱者、白蓮居士、蓮峯居士等。李煜在南唐滅亡後被北宋俘虜，被封為違命侯，他是個亡國之君，但也是中國歷史上首屈一指的詞人。

李煜的詞作保存下來的有三四十首，按照他的人生經歷，風格有兩個明顯的分期。前期描寫富貴的宮廷生活和男歡女愛之情，文字綺麗柔婉；後期則寫家國之恨，感情真摯生動，語言簡潔精煉，意境悲涼深遠。更重要的是他後期的詞作擴展了晚唐五代詞的題材範圍，為宋代詞的發展起到了開山的作用。因此《漁隱叢話前集》中提到宋太祖統一中國以後提到李後主，感歎李煜治國若是有寫詩詞那麼高的水平，就不至於淪為階下囚了。清代袁枚引《南唐雜詠》，對李煜如此評價：「作個才人真絕代，可憐薄命作君王。」

金句學與用

問君能有幾多愁，
恰似一江春水向東流。

這兩句在後世常常被人引用，以表達愁緒。它以設問開頭，以抽象的「愁」為本體，具象的江水為喻體，貼切形象，不僅顯示了愁恨如同入海江水一般深遠，而且顯示了作者亡國的憂愁憾恨如同江水波濤洶湧翻騰，展現了感情的力度和深度。

秋　月

宋　朱熹

清溪流過碧山頭，
空水¹澄鮮²一色秋³。
隔斷紅塵⁴三十里，
白雲紅葉兩悠悠。

註釋

1. 空水：指夜空和溪水。
2. 澄鮮：潔淨清新的樣子。
3. 一色秋：指夜空秋月下的流水，很有秋日清爽明淨的感覺。
4. 隔斷紅塵：紅塵泛指人世間。這裏指溪水和有人居住的地方有相當的距離。

這首詩詞講甚麼？

清清的小溪繞着碧綠的山峯流淌，懸空而下，澄澈鮮亮，融入了空明靚麗的秋。

皎潔的月亮掛在天上，清輝傾瀉在人間。白雲自由自在地漂浮，滿山的紅葉爛漫如火。這幽靜美麗的秋色隔斷了紅塵俗世，令人十分嚮往。

讀完想一想！

1. 你認為秋天的景色帶給人怎樣的感受？可以用哪些詞彙來形容？

2. 作者在這首詩中抒發了何種感情？

3. 本詩雖然題目為《秋月》，卻花了很多篇幅寫溪水，你認為是為甚麼？

詩詞中的美景

秋，是迷人、明麗的。但它也是萬物凋落的季節。

所以詩人們歌詠秋季，大多是悲秋哀歎。這首詩，卻讚美秋色引人入勝。

皎潔的月亮掛在天上，清輝傾瀉在人間，給山川大地都披上輕柔的面紗。

山巒重疊，青翠欲滴，清清的小溪繞着山峯流淌，遇到高崖騰空飛奔而下，遠遠觀望，一道道激流清澈透明，浪花飛濺，婉若遊龍。溪水飛瀑，青山疊翠，如若一幅畫圖，相互依存，水繞山流，山色水光相映，宏偉美麗。

秋夜的天空澄淨碧藍。月光也照耀着碧空中悠悠白雲，飄逸灑脫。那雲在夜空裏被月光染上朦朧的色彩，還有幾分神祕。一片楓林閃耀着豔麗的火紅，像燃燒的火雲似的。

夜晚畢竟不比白晝。白晝熱鬧，夜晚寧靜。但這個夜晚啊，寧靜中潛伏着動態的美：小溪、白雲、紅葉……生命的律動在大自然中永不停歇。碧空如洗，月光如水，繪出了這一幅絕美的山水山林圖。

是世外桃源嗎？也可以說是的。這裏沒有紅塵煩惱，只有自然的美。隔絕了喧鬧的塵世，只有和諧、幽深、永不泯滅的美！

詩詞小知識

　　我們在許多文學作品和電影電視劇中，常常見到聽到「紅塵」這個詞。佛教稱人世間為「紅塵」，這個詞或許是漢代人翻譯的時候採用的。現在一般認為它源自東漢文學家班固的《西都賦》，賦中寫到：「闐城溢郭，旁流百廛，紅塵四合，煙雲相連。」這句話的意思是在熱鬧的大都市，人車行動揚起的塵土從四方籠罩全城，多到和天上的煙雲都連在一起。於是「紅塵」成為代指繁華鬧市的詞彙，同時人們從人車熙熙攘攘行動的場面引申開去，將名利之路比作紅塵飛揚的道路。因此《秋月》這首詩提到「隔斷紅塵」，指的也許不單止清澈的溪水和有人居住的地方離得很遠，也有幽靜的山中秋景適合隱逸高士，和人們趨之若鶩的名利沒有瓜葛的意思吧。

金句學與用

隔斷紅塵三十里，白雲紅葉兩悠悠。

　　本句為借景抒情，詩人看似簡單寫景，但是從「隔斷紅塵」、「兩悠悠」等詞彙可以看出，這幅秋夜山景圖具有閒適隱逸，色彩鮮明的特點。

題臨安邸[1]

宋　林升

山外青山樓外樓，
西湖歌舞幾時休？
暖風[2]熏得遊人醉，
直[3]把杭州作汴州。

註釋

1. 邸：旅店。
2. 暖風：指江南和暖的春風，並以此暗諷南宋朝廷偏安享樂，不思收復故土的靡靡
　之風。
3. 直：簡直。

這首詩詞講甚麼？

青山外有青山，高樓外有高樓。西湖附近日夜歌舞不停，奢靡享樂何時才停止呢？暖風吹得遊人醉醺醺的，都把這杭州當做曾經的都城汴州了。

讀完想一想！

1. 詩中作者提到的耽於享樂的「遊人」，你認為指的是哪一些人呢？

2. 你知道這首詩的歷史大背景嗎？

詩詞中的美景

　　俗話說「上有天堂，下有蘇杭」，果真名不虛傳。杭州名在西湖。西湖四季美景不勝收：春，嫩柳飄搖，豔桃盛開，和風細雨，暖意融融；夏，接天蓮葉無窮碧，映日荷花別樣紅，鋪天蓋地滿湖的荷花，絕無僅有；秋，天高氣清，晴雲皓月，那平湖秋月，別有一番滋味；冬，斷橋殘雪，遠觀則知天下奇觀盡在於此。

　　青山重疊，逶迤不斷，青山之外尚有青山。西湖兩岸層層疊疊，瓊樓玉宇，高樓之外更有樓無數。

　　富商大賈、騷人墨客，皆築起軒昂的宅邸，鱗次櫛比，座座豪華。把這西湖變成了人間天堂不說，那白晝時分，遊人如在畫中行；等到夜晚來臨，華燈初上，豪宅中簫管齊鳴，歌女歌喉婉轉，舞伎舞姿蹁躚，席間觥籌交錯，杯盞狼藉，人們通宵達旦，徹夜狂歡。

　　那達官貴人們整日歌舞昇平，紙醉金迷，只顧自己快活。哪裏管甚麼江山社稷，黎民百姓？

　　暖洋洋的風吹拂得湖邊遊人醉意醺醺，也吹得統治者、達官貴人們不顧收復中原，驅除外辱，而一味地陶醉於享樂的生活中，把杭州當做北宋的都城汴梁，當成苟且偷安的安樂窩了。

詩詞小知識

　　南宋初期文壇的一大主流，是宣揚抗金救亡，收復北宋故土。除了林升這首諷刺統治者不思振作的詩，陸游和辛棄疾的作品在抒發收復河山的主題上也很著名。像陸游的詩作《示兒》：「死去原知萬事空，但悲不見九州同。王師北定中原日，家祭毋忘告乃翁。」教育後代愛國之情溢於言表。辛棄疾不但自己投身軍旅，寫下的詞作中「要挽銀河仙浪，西北洗胡沙」「道男兒到死心如鐵，看試手，補天裂」等詞句，也強烈地表達了北伐抗金的主張。

金句學與用

暖風熏得遊人醉，直把杭州作汴州。

　　我們都知道有個成語叫「樂不思蜀」，它來源於這樣一個故事：三國末期蜀漢被魏國滅掉，後主劉禪投降，被封為安樂公，搬到魏國首都洛陽居住。一天魏國權臣司馬昭設宴招待昔日蜀國君臣，席上表演蜀國歌舞。舊臣們想起國家滅亡都忍不住流淚，劉禪面對司馬昭是否想念蜀國的問話，卻回答：「我在這很快樂，一點都不想蜀國！」後人便以此典故指人樂而忘返或樂而忘本，無故國故土之思。本詩中，將作者對南宋朝廷沉溺聲色，偏安一隅深表痛心的情緒體現出來的最後兩句，和這個成語有異曲同工之妙。雖然他的感情是沉鬱諷刺的，但詩句初看卻十分平實生動，可見功力。

曉出淨慈寺送林子方二首·之二

宋　楊萬里

畢竟[1]西湖六月中，
風光不與四時同。
接天蓮葉無窮碧，
映日荷花別樣[2]紅。

註釋

1. 畢竟：到底，到底是。意為果然名不虛傳。
2. 別樣：特別，格外。

這首詩詞講甚麼？

　　西湖的六月名不虛傳，風光不同於春夏秋冬四季。那密密的荷葉一望無際，與天相連。那亭亭玉立的荷花正盛開，在陽光映照下，分外豔紅。

讀完想一想！

　　上網搜索西湖夏日荷花盛開的景色，說一說它們是否與千年前的這首詩相符。

詩詞中的美景

　　西湖風景甲天下，春夏秋冬各有特色，格外誘人。

　　這裏不多表，單說說西湖夏季裏的六月天。

　　六月的西湖啊，陽光充足，各類花卉盛開在湖邊岸上。芍藥、月季、扶桑、木槿……依舊是百花爭豔，萬紫千紅。可是，哪裏比得上西湖六月的荷花呢？

　　六月裏，西湖的風光到底不同於其他各個時節。這時候，鋪天蓋地的蓮荷佈滿了整個西湖湖面。那濃密的荷葉碩大碧綠，由湖邊鋪開來去。遠遠望過去，隨着湖面的延伸，荷葉與藍藍的晴空像是連接了起來似的。無邊無際的，青翠欲滴，在湖水中隨風搖動。近看，片片如大芭蕉扇。遠望，湖面廣闊，漫無邊際的碧綠色，配着依然是碧綠的湖水，那種青翠可人的壯美景觀，不是筆墨所能形容得出的。

　　再看那花蕾，顆顆飽滿如玉雕。那綻放開了的紅紅的荷花，亭亭玉立於簇簇綠葉之上，挺拔、秀麗、豔美，在闊大的綠的海洋中搖曳着。驕陽映照下，格外鮮豔，風情萬種。

　　西湖的六月啊，因了你獨有的漫天的荷花在花的世界裏獨佔鰲頭，震驚了詩人，震驚了天下遊客，名揚四海，千古不絕。

　　荷花出淤泥而不染，濯清漣而不妖。自古就有詩讚美你，卻又唯有這一首，四海傳頌，經久不息！

詩詞小知識

　　淨慈寺，又稱淨慈報恩光孝禪寺，始建於五代十國時期，位於浙江杭州西湖湖畔南屏山，南宋又被稱為淨慈報恩光孝禪寺，簡稱淨慈寺或淨慈禪寺。被列為禪宗五山之一。淨慈寺是傳說中濟公和尚修行的地方，寺內還有一口大鐘及清代康熙皇帝豎立的「南屏晚鐘」碑亭，「南屏晚鐘」為杭州著名的「西湖十景」之一。

　　本詩為楊萬里在淨慈寺送別友人寫下的兩首詩作之一，另一首在此作擴展閱讀：

> 出得西湖月尚殘，荷花蕩裏柳行間。
> 紅香世界清涼國，行了南山卻北山。

金句學與用

接天蓮葉無窮碧，映日荷花別樣紅。

　　讀完這兩句詩，西湖夏日裏，荷花綠葉紅花遮天蔽日的畫面是不是就近在眼前了？我們在寫景物描寫文時可以參照這種寫法，簡略生動地寫出景物的規模和色彩。

飲湖上初晴後雨

宋　蘇軾

水光瀲灩[1]晴方好[2]，
山色空濛雨亦奇。
欲把西湖比西子，
淡妝濃抹總相宜[3]。

註釋

1. 瀲灩：湖水波光粼粼的樣子。
2. 方好：正顯得美麗。
3. 總相宜：總是很好很合適的。

這首詩詞講甚麼？

晴天，日光照耀下，西湖波光粼粼，水波盪漾，甚是美麗。下雨的時候，西湖四周的羣山朦朦朧朧，若有若無，景色也很奇特。如果把西湖比作美女西施，那麼，它也和西施一樣，無論是淡妝還是濃妝總是適宜迷人的。

讀完想一想！

古人常在詩文中將名山秀水比喻成美人。選一個本地的自然景色，學習本詩的比喻手法，試着描寫該景物。

詩詞中的美景

　　西湖美，美不勝收，天下聞名。西湖湖面遼闊，可以極目遠眺，給人十分舒暢的感覺。水光山色，相映成趣，趣味無窮。岸邊古塔，使人頓生懷古幽思。座座宅邸，記錄了文人墨客、畫家藝人的閒情軼事。

　　西湖的湖光山色尤其妙不可言，晴雨俱佳。

　　晴朗的天氣，金燦燦的陽光照耀在碧綠的湖面上，只見微波蕩漾，波光閃閃，亮晶晶的非常美麗。

　　細雨微茫或大雨瀰漫的時候，西湖四周旖旎不斷的青山在霧色籠罩之中若隱若現，若有若無，朦朦朧朧，空靈剔透。那霧氣瀰漫、繚繞、升騰於山間，像是變幻無窮的水墨畫圖，真的是把人都迷醉了。

　　都說越國的西施貌若天仙。假若將西湖與西施相比，則西湖之美絲毫不減色。

　　西施的一顰一笑都有魅力，無論淡淡化妝還是濃妝豔抹，都無可挑剔。那麼西湖呢，西湖的自然美，普天之下無可比擬。無論陰晴，無論夏暑或冬寒，都有着令人着迷的不同的景觀。

詩詞小知識

　　蘇軾這首詩中「淡妝濃抹總相宜」一句，意思是西湖美景晴雨觀賞皆宜，就像美女化濃妝淡妝都非常和適。蘇軾本人很喜歡西湖的雨景，以及湖上雲銷雨霽重開太陽的景象，他有一首詩《六月二十七日望湖樓醉書·其一》這樣寫道：

> 黑雲翻墨未遮山，白雨跳珠亂入船。
> 捲地風來忽吹散，望湖樓下水如天。

　　這首詩描寫了夏日西湖暴雨來時雲雨遮天蔽日的壯觀氣勢，暴雨匆匆去後西湖水天一色的奇景，讚歎湖光山色與大自然的變幻莫測。其中蘇軾尤其得意第二句，多年後他寫下《與莫同年雨中飲湖上》，再次雨中看西湖，他想起往事，心中有幾多感慨：

> 到處相逢是偶然，夢中相對各華顛。
> 還來一醉西湖雨，不見跳珠十五年。

金句學與用

欲把西湖比西子，淡妝濃抹總相宜。

　　陳衍在《宋詩精華錄》中高度讚賞這兩句：「（『欲把』二句）遂成為西湖定評。」即是說讀過一些詩文的人想要評價描摹西湖的美，就一定會想到這兩句詩。美女西施（西子）從神韻到容顏都很美，所以怎麼打扮都明豔出眾；西湖也是晴天和雨天都各有韻味，怎麼觀賞都好。至於美人的淡妝和濃妝究竟哪個對應晴天，哪個對應雨天，在這裏就不那麼重要了。這首詩之所以憑藉這兩句成為千古名篇，正是因為恰當新穎的比喻使西湖昇華出了人的特質，使其成為美的化身。

贈劉景文 / 冬景

宋　蘇軾

荷盡已無擎雨蓋[1]，
菊殘猶有傲霜[2]枝。
一年好景君須記，
正是橙黃橘綠時。

這首詩詞講甚麼？

荷花已殘，連那承接雨露的荷葉也已經枯萎了。菊花也凋謝了，但是還有傲霜鬥雪的枝條在。一年中最好的光景你需要記住啊，那是橙子變黃，橘子青綠的冬季。

讀完想一想！

1. 你喜歡何種冬日的景物？

2. 為甚麼別人認為冬天肅殺蕭瑟，但作者認為這是一年中最好的時光？

詩詞中的美景

　　蘇軾才華絕世，是史上最有名氣的詩人詞家，而且他注重交友，注重情義。他在杭州做官時，結識了劉景文。此人在蘇軾眼中頗有文采，因此蘇軾極力推舉他。劉景文因而能夠得到升遷。這首詩就是蘇軾為鼓勵他而作的。

　　深秋的時候，荷花都開盡了，連那承接雨露的大葉片也枯萎了。荷花的盛景要等來年的夏天再觀賞了。

　　菊花可謂堅韌不拔，深秋時節朵朵怒放，點綴着秋韻。可是，花開花落終有時，隨着初冬的到來，菊花也凋謝了，只是那枝枝條條還在，兀自挺立傲雪凌霜。

　　人到了壯年，雖說青春已過，盛年不再，但仍舊可以奮發向上，不懈努力，做出一番成就來。

　　詩人用菊花的枝條做比喻，這樣勉勵朋友。他又說：你要記住啊，一年之中最好的光景啊，就在那深秋初冬，當那橙子金黃，而橘子青綠的時候。他進一步用橙子和橘子做比喻，說明秋冬來臨，百花縮首，萬物蕭條，霜雪鋪滿大地。橙子和橘子卻漸漸長成，就快能夠採摘食用了。

　　即便是冬季，也有橙子碩果纍纍，橘子豐收的景象。人到暮年，依舊可以發出光和熱啊！詩人這種積極樂觀的人生觀，是值得我們每個人去學習的，不是嗎？

詩詞小知識

　　劉季孫（1033 年－1092 年），字景文，是北宋詩人，蘇軾對其為人非常讚賞。當年蘇軾和劉景文見面，對方已經 58 歲，在當時已經是老年人了。蘇軾向朝廷舉薦劉景文，令他得以升遷，但兩年後劉景文就去世了。傳說劉景文擔任饒州酒務官時，在屏風上寫了一首《題屏》。當時他的上司王安石巡視到此地，讀了這首詩大為讚歎，亦從詩中了解到劉景文不與世俗同流合污，孤高淡薄的品格，遂與其成為朋友。

題屏
呢喃燕子語樑間，底事來驚夢裏閒。
說與旁人渾不解，杖藜攜酒看芝山。

金句學與用

一年好景君須記，最是橙黃橘綠時。

　　雖然人們常說「一年之計在於春」，讚美生機盎然的春天；又有「我言秋日勝春朝」，讚美秋天的天高氣爽。但所謂秋收冬藏，冬天正是積累收穫，厚積薄發的時候，詩人用這個時間段來指代年紀漸長的朋友，勉勵他達觀向上，是可以效仿的比喻手法。

牧童詩

宋　黃庭堅

騎牛遠遠過前村，
短笛橫吹隔隴[1]聞。
多少長安名利客，
機關用盡[2]不如君。

註釋

1. 隴：通「壟」，田壟。
2. 機關用盡：用盡心機。

這首詩詞講甚麼？

　　遠遠看見一個牧童騎在牛背上，橫吹着一支短笛走過前面的村子。笛聲隔着田壟都聽到了。想來有多少在帝都長安追逐名利的達官貴人，用盡心機，也不如你牧童那麼悠閒自在啊！

讀完想一想！

1. 試將本詩與杜牧《清明》裏「借問酒家何處有，牧童遙指杏花村」的牧童相比較，談談二者有甚麼異同。

2. 作者想藉這首詩表達甚麼感情呢？

詩詞中的美景

　　田園牧歌式的生活歷來是古今中外文人墨客所讚美嚮往的。

　　詩人有一天遠遠地看見一個牧童放牧歸來。牧童騎在牛背上，橫吹着一支短笛，緩慢地走過前面的村莊。那牧童身穿布衣，笛聲迴盪在田間，清脆悠揚。越過很遠的田壟都能聽得到。他是個農家孩子，只知放好自家的牛，吹一手好笛子。

　　原野、村莊、莊稼、牧童、笛聲，多麼自然的詩情畫意啊！

　　民以食為天，此為民生之根本。農夫是天下最需要的職業，沒有農夫辛勤的勞作，則一切都是空談。

　　朝代更迭，一朝朝的皇帝你方唱罷我登場，換了一個又一個。歷來朝臣也是更迭換位，一朝天子一朝臣的你來我往。或寒窗苦讀，或費盡心機、爾虞我詐，甚至兵戎相見，刀刀見血。最終呢，只有少數人官居高位，榮華富貴。大多數免不得命喪黃泉、貶謫回鄉或流落蠻夷之鄉。

　　帝都長安的多少追名逐利的庸人們，就是這樣在競爭的血與火中搏鬥着，生存着，怎麼比得上眼前這個牧童的那份悠閒自在、快樂逍遙、灑脫自如呢？

　　作這首詩的詩人，遠近都知道他是天才，自小就聲名遠揚。一日他的父親在家裏請了幾位詩友，飲酒作詩。有人提議讓他七歲的兒子作一首詩。於是詩人就想起有一天他看到這樣一個牧童，當即寫下這首富含人生哲理的詩。小小詩人，多麼的通達事理啊！

詩詞小知識

黃庭堅（1045 年－1105 年），字魯直，號山谷道人、豫章先生，晚號涪翁，洪州分寧（今江西九江市修水縣）人。他是北宋詩人，與蘇軾並稱「蘇黃」，為江西詩派祖師。有《豫章黃先生文集》《山谷琴趣外篇》等作品以及弟子輯錄的詩集傳世。黃庭堅亦是書法家，擅長行書和草書，名列宋四家之一。黃庭堅與張耒、晁補之、秦觀都曾習藝於蘇軾，並稱蘇門四學士。他一生陷入新舊黨爭，仕途坎坷。南宋紹興初年，宋高宗追封其為太師、龍圖閣直學士，諡文節。這首《牧童詩》相傳是他七歲時的作品。

中國古代文學中的牧童，和在前一冊中提到的漁夫一樣，是一個重要的經典意象。早在《莊子・徐無鬼》中，就寫到上古時期黃帝出遊尋訪隱士，向一個牧童問路。見小孩對答如流，黃帝又問牧童如何治理天下，牧童說：「治理天下和我牧牛牧馬有何不同呢？只要注意管理，若有妨害羣體的，就把牠挑出來趕走，就不會影響整體了。（夫為天下者，亦奚以異乎牧馬者哉！亦去其害馬者而已矣！）」這段話是成語「害羣之馬」的來源，莊子藉牧童之口，表達自己看待天下事物的哲學思想。

到了後世，人們在詩文中描寫牧童，常常會提到他吹牧笛唱歌，睡在牛背上，趕着牲畜看田園風光等舉動，以表現詩人渴慕自在天然，無拘無束的心態，以及對安然靜好，悠閒自足的田園生活的嚮往。到了唐代以及本詩作者黃庭堅生活的宋代，文人又將佛教思想融入牧童的意象，將其看作通透睿智，跳出功名利祿誘惑和政治傾軋的智者化身。唐代「三生石」故事中高僧轉世的牧童和友人告別時高唱：「三生石上舊精魂，賞月吟風不要論。慚愧故人遠相訪，此身雖異性長存。身前身後事茫茫，欲話因緣恐斷腸。吳越溪山尋已遍，卻回煙棹上瞿塘。」宋代詩人張耒寫過一首題為《牧牛兒》的詩，就很好地說明了牧童這個意象在宋代文人心目中的意義：

牧牛兒，遠陂牧。

遠陂牧牛芳草綠，兒怒掉鞭牛不觸。

澗邊古柳南風清，麥深蔽日野田平。

烏犍礪角逐春行，老牸臥噍飢不鳴。

犢兒跳梁沒草去，隔林應母時一聲。

老翁念兒自攜餉，出門先上岡頭望。

日斜風雨濕蓑衣，拍手唱歌尋伴歸。

遠村放牧風日薄，近村牧牛泥水惡。

珠璣燕趙兒不知，兒生但知牛背樂。

多少長安名利客，機關用盡不如君。

那些算盡機關爭名逐利的人，有誰比得上一個小小牧童閒適通達呢？這兩句詩直白明確地表達了作者的意思，也是一種抒發感情的寫法。

寒　夜

宋　杜耒

寒夜客來茶當酒，
竹爐[1]湯沸[2]火初紅。
尋常一樣窗前月，
才有梅花便不同。

註釋

1. 竹爐：外面包裹竹編套子的火爐。
2. 湯沸：熱水沸騰。

寒冷的夜晚，友人叩門。爐火正紅，爐上壺中水正沸騰，以茶當酒招待良朋。月亮和平日沒甚麼不同，但是窗外的梅花正盛開，月光照着梅花，格外的幽雅芬芳。月下會友的氛圍也就格外不同了。

朋友來你家做客，你通常會如何招待？

詩詞帶我讀

詩詞中的美景

　　寒冷的夜晚，甚覺蕭索。獨自枯坐，感歎時令的流轉，不知不覺中又到深冬了。飲酒不成，讀書沒有精神，這漫漫長夜如何打發呢？

　　忽然響起了叩門的聲音。原來是摯友前來拜訪。

　　雖說我和他一直往來不斷，可是，深夜來聚，在我無聊的時候，更是使我欣喜啊！因為是好友，才無顧忌，不拘俗禮。我連忙招呼友人坐到火爐旁烤火取暖。然後，我發現酒壺已空，原來我有幾日沒有外出去買酒了。抱歉之餘，我深知無花無酒我倆也可以暢談甚歡。他也不會怪罪於我。

　　我看爐火燒得正旺，爐上的水壺正沸騰着，就以茶代酒，沏好一壺滾沸的茶。

　　冬夜圍爐夜話，本就樂趣無窮，能與好友同坐，暢談心中所想，實在安慰人啊！

　　歡談之時，不覺夜更深了。

　　那一輪明月已升至中天，清輝撒將下來，照得窗前格外明亮。人說：月逢十五便團圓。今夜不是十五，月兒卻已經格外明亮，那麼喜慶。莫非是因為我與友人洽談甚歡的緣故嗎？

　　窗外幾株梅花幽幽地盛開了。此刻，那清香也陣陣傳了過來，花香襲人。我倆禁不住去賞花聞香，自是又平添了許多雅趣。

唉，人生得一知己足矣，斯世當以同懷視之。我有良朋，他有益友。深冬之夜，圍爐飲茶，月兒高照，梅花怒放，這種種清雅意趣，句句情投意合的深談，早就將寒冷驅散到九霄雲外去了。

　　看那月亮啊，比平日明亮，那梅花也開放得那麼適時。身旁有友、茶、梅、月，我還奢求甚麼呢？

詩詞小知識

　　杜耒（？－ 1225 年），南宋詩人。字子野，號小山，南城（今屬江西）人。這首入選了《千家詩》的《寒夜》是他的代表作。這首詩中第一句「寒夜客來茶當酒」，看似是以茶代酒待客，招待不夠隆重，但陸羽在《茶經》裏提到：「茶之為用，味至寒，為飲，最宜精行儉德之人。」也就是說，作為飲料的茶，最適合專一踐行自律品德，淡泊簡樸的君子。詩人在這裏以茶待客，正是說明主賓兩人的君子之交，品德高尚。

金句學與用

尋常一樣窗前月，才有梅花便不同。

　　主客夜晚見面交談得很投機，窗外又有梅花盛開，於是詩人感覺這見慣了的月色也較平常不一樣了。梅花一方面代表高潔清雅，一方面也是讚美品德高尚的客人與主人志同道合。這兩句詩用了很多種寫作手法，以梅花襯托窗前月，以梅花的色香襯托冬天寒冷清淡的景物；用「才有梅花」與朋友夜訪呼應，以梅花象徵人物品行。這些手法值得讀者學習。

早 春

宋　白玉蟾

南枝[1]才放兩三花，
雪裏吟香弄[2]粉[3]些[4]。
淡淡着[5]煙濃着月，
深深籠水淺籠沙。

註釋

1. 南枝：長在向陽面的樹枝。
2. 弄：把玩。
3. 粉：白色。
4. 些：語氣助詞。
5. 着：附着。

這首詩詞講甚麼？

　　朝南的梅花才開了幾朵。雪中賞梅，清香沁人。梅花粉白的花色也很迷人。夜晚煙霧瀰漫，月色濃濃，梅花的花色深淺不時的變幻着：有時像水似的玲瓏剔透；有時像河邊的沙那樣的明淨鮮亮。

讀完想一想！

1. 全詩都在講梅花開放的樣子，請問何處可以看出作者寫的是早春的景物呢？

2. 你還知道哪些詠梅的名句？

詩詞中的美景

　　冬末春初，冬的寒氣還未從大地完全褪去。梅花還未到盛開的時候，只有朝南向陽的幾株沐浴着溫暖的陽光，才綻開了幾朵花。

　　下了一場雪。到處白茫茫的，陽光映着雪光，分外耀眼。白雪沁人心脾的芬芳振作了我的精神。站在開放了的幾朵梅花前，梅香陣陣襲來，我不禁心中充滿了詩情畫意，想起了一些吟詠梅花的詩句：

> 「君自故鄉來，應知故鄉事。來日綺窗前，寒梅着花未？」
> 「牆角數枝梅，凌寒獨自開。遙知不是雪，為有暗香來。」

　　多麼美的詩啊！此刻我就在這詩的意境之中。我的面前有雪也有梅。不知是白雪催開了這幾朵梅花，還是梅花開放來與白雪做伴，總之春天就要降臨了。

　　今夜月兒甚好，月光如水，映照在雪地上，愈加的溫柔，仿如白晝一般。

　　輕輕的霧氣淡淡地瀰漫着。在月色和輕煙裏，粉白嬌嫩的花朵，花色深淺不一，時時變幻着，似水一樣的玲瓏剔透，又像河邊白沙一樣的明淨柔膩。

　　啊，白雪、梅花、月光、輕霧，我感覺涼涼的空氣中沁入了早春的氣息。

詩詞小知識

　　白玉蟾，原名葛長庚，字白叟，號海瓊子、武夷散人等，閩清（今福建閩清）人。他曾經隱居武夷山學道，南宋寧宗時被朝廷封為紫清明道真人。全真教尊為南五祖之一。著有《海瓊玉蟾先生文集》40 卷，《全宋詩》錄其詩 6 卷。他還是一位頗有造詣的書法家，上海博物館收藏有他的紙本《行書仙廬峯六詠卷》，台北故宮博物院收藏其草書作品《天朗氣清四言詩帖》。

金句學與用

淡淡着煙濃着月，深深籠水淺籠沙。

　　這兩句詩的意境，很像杜牧《泊秦淮》中的「煙籠寒水月籠沙」。生動地描繪出了梅花香氣瀰漫，在月色輕煙中花色深深淺淺變幻的朦朧之美。

中　秋

宋　李樸

皓魄[1]當空寶鏡升，雲間仙籟寂無聲。

平分秋色一輪滿，長伴雲衢[2]千里明。

狡兔[3]空從弦外落，妖蟆[4]休向眼前生。

靈槎[5]擬約同攜手，更待銀河徹底清。

註釋

1. 皓魄：明月。也指月亮明亮的光。
2. 雲衢：鋪滿雲的天路。
3. 狡兔：玉兔。
4. 妖蟆：蟾蜍。傳說月亮裏有隻蟾蜍，月蝕就是牠吞食月亮造成的。
5. 靈槎：通天的船筏。

這首詩詞講甚麼？

　　夜空中，一輪明月升起，又大又圓，像一面寶鏡。雲烘托着月，寂靜無聲。

　　滿月的清輝傾瀉下來，照耀得通闊的雲天十分光明。皎潔的月兒啊，足以佔據一半的秋韻。

　　月裏的玉兔跪地搗藥。蟾蜍蹦來蹦去，也遮不住月兒的光輝。

　　多麼想和月亮有個約定，等到銀河更加清澈明朗的時刻，我和你乘坐通天的船筏，去那太空遨遊啊！

讀完想一想！

　　這首詩有人認為除了描述中秋明亮的月光，還抒發了作者嚮往政治清明的社會，推崇君子高尚品格的感情，你是怎麼認為的？

詩詞中的美景

　　月到中秋分外明。中秋佳節，是中國人闔家團圓的節日。這一天，人們要沐浴更衣，祭拜月神，祈求安康。有關中秋的傳說也家喻戶曉。

　　中秋的夜空，一輪明月由東方冉冉升起，又大又圓，像一面寶鏡。彩雲追隨着月亮，月亮穿梭於散淡的雲朵之中，慢慢地向中天移動。滿月的清輝照耀得夜空分外清澈明亮。雲烘托着月的遼闊天路，寂靜無聲。這秋月的風姿啊，足以佔據一半的秋韻。

　　月兒明，廣寒宮裏雪白的玉兔手拿玉杵，跪地搗藥的身影似隱似現。蟾蜍蹦來蹦去，也遮不住月兒皎潔的面容。

　　皓月千里的夜空安詳靜謐。浩瀚的銀河廣漠空明。中秋的夜晚啊，分外迷人！多想和月亮有個約定，等到銀河更加清爽明朗那一刻，我和它相伴着乘坐通天的船筏，去那太空遨遊啊！

詩詞小知識

李樸（1063 年－1127 年），北宋理學家、學者，字先之，時人稱「章貢先生」。虔州興國（今江西興國縣）人。他為官剛直不阿，不畏權暴，直言敢諫，宋徽宗時期拒絕奸臣蔡京的籠絡，留下的作品有《章貢集》、《豐清敏公遺事》等。

金句學與用

平分秋色一輪滿，長伴雲衢千里明。

這兩句詩雖然沒有明確寫出「月」字，但體現出了中秋之月圓滿光亮，中秋夜空萬里無雲的景色。寫具有中秋節令特色的文章時，可以引用這兩句詩。

山園小梅二首‧之一

宋　林逋

眾芳搖落獨暄妍[1]，佔盡風情向小園。

疏影橫斜[2]水清淺，暗香浮動[3]月黃昏。

霜禽[4]欲下先偷眼，粉蝶如知合斷魂。

幸有微吟可相狎[5]，不須檀板[6]共金樽。

註釋

1. 暄妍：梅花明媚亮麗的樣子。
2. 疏影橫斜：梅花枝幹疏疏落落，縱橫傾斜投在水中的影子。
3. 暗香浮動：梅花清幽的香味飄動在空氣中。
4. 霜禽：冬季的禽鳥。也可為白色的鳥。
5. 狎：玩賞，親近。
6. 檀板：用檀木做成的拍板，歌唱時用來打拍子。

這首詩詞講甚麼？

百花都凋零了，只有梅花獨放，那麼妍麗，是小園中最美麗的景致。

梅花舒朗的枝條，橫斜着伸出，輕輕掠過水面。月兒朦朧，梅花的芳香悄悄地瀰漫。

冷冽的冬寒中的鳥兒想飛到枝條上，卻不知潔白的花朵是花還是雪，先要在一旁端詳仔細。粉蝶如果知道，竟有這麼潔白的花朵於冬日怒放，就會為自己春天時採盡芳華而獨獨沒有遇到梅花而深深遺憾了。

梅花啊，不要歎惋在冬日獨自寂寞地開放。我輕輕吟唱着小詩讚頌梅花，梅花的芳韻也供我賞玩，又何必手打檀木拍板唱着歌，手舉金杯飲酒來表示對梅花的欣賞呢？

讀完想一想！

在本系列中，我們讀到不少關於梅花的詩詞，請選取一兩首與本詩對比，說一說在不同作者眼中梅花的形象。

詩詞中的美景

　　宋代林逋（林和靖），青年時讀萬卷書，行萬里路。不考科舉，不入仕途。四十歲後，隱居西湖邊孤山。一生不娶妻生子。唯愛種植梅花，養仙鶴一對。他愛梅，把梅比做妻子；他愛鶴，將鶴視為兒子。因有「梅妻鶴子」之說。林逋的聲名也因為這種孤高的行為，和他本人清高淡雅的品格而聞名於世。

　　他寫了一些詠歎梅的詩作，這首便是其中之一。

　　西子湖畔，冬季時而大雪紛飛。百花已凋零，唯有梅花傲雪，獨自盛開。這時節的梅花啊，錯過了羣芳爭艷的時光，它明媚淡雅的芳韻是小園中最美麗的景致。

　　看那典雅疏朗的枝條，橫斜着伸出，輕輕地探過水面，倒影隨清澈的湖水微微盪漾。

　　黃昏，月兒高掛在天空，銀輝傾瀉下來，西湖披上了神祕的面紗。夜色朦朧，靜謐安詳。梅花的清香，悄悄地瀰漫開來，那麼的沁人心脾。

　　那寒冷的冬天的鳥兒，看見盛開着的梅樹，本想飛過去站在那枝條上。可當牠看到那雪似的花朵，緊貼着枝頭那麼美，也不由得抑制住飛去的慾望，小心仔細地觀察起來。這到底是雪，還是花呢？而那些粉蝶，春天時採盡了各種花兒。牠如果知道冬季裏還有如此美麗的梅花獨放，那麼也會為自己與梅花無緣而深深遺憾的。

　　於是詩人不禁讚歎：梅花啊，你向我展示無盡的風采。我欣賞你嬌柔的身影、高潔的品格和不屈的風骨。

詩詞小知識

　　林逋品性高潔，擅長寫詩與書法，為當時及後世的文人所景仰。他的詩歌大多都反映其隱居生活，描寫山間景色，描寫梅花尤其著名。除了本篇《山園小梅》中膾炙人口的「疏影橫斜水清淺，暗香浮動月黃昏」，他的另一首《山園小梅》及描寫梅花的詞《霜天曉角·冰清霜潔》亦很有名：

山園小梅 之二

剪綃零碎點酥乾，向背稀稠畫亦難。
日薄從甘春至晚，霜深應怯夜來寒。
澄鮮只共鄰僧惜，冷落猶嫌俗客看。
憶着江南舊行路，酒旗斜拂墮吟鞍。

霜天曉角·冰清霜潔

冰清霜潔。昨夜梅花發。甚處玉龍三弄，聲搖動、枝頭月。
夢絕。金獸爇。曉寒蘭燼滅。要捲珠簾清賞，且莫掃、階前雪。

　　蘇東坡非常欣賞林逋，認為他是高絕世俗的隱士，並寫下《書林逋詩後》一詩：

吳儂生長湖山曲，呼吸湖光飲山淥。
不論世外隱君子，傭兒販婦皆冰玉。
先生可是絕俗人，神清骨冷無由俗。
我不識君曾夢見，瞳子了然光可燭。
遺篇妙字處處有，步繞西湖看不足。
詩如東野不言寒，書似西台差少肉。
平生高節已難繼，將死微言猶可錄。
自言不作封禪書，更肯悲吟白頭曲！
我笑吳人不好事，好作祠堂傍修竹。
不然配食水仙王，一盞寒泉薦秋菊。

金句學與用

疏影橫斜水清淺，暗香浮動月黃昏。

　　「疏影」「暗香」二詞既寫出了梅花與別的花朵不一樣的形態與芬芳，也表現出它如同隱逸高人般仙風道骨的氣質。梅花「橫斜」，好似文人漫步吟詩；「浮動」寫活了眼睛看不見的香味，它款款飄來，好像美人一步步走向讀者。這兩句詩可謂描寫梅花風姿的千古名句，古往今來被無數人引用、闡發。

答丁元珍

宋　歐陽修

春風疑不到天涯，二月山城[1]未見花。

殘雪壓枝猶有橘，凍雷[2]驚筍欲抽芽。

夜聞歸雁生鄉思，病入新年感物華[3]。

曾是洛陽花下客，野芳雖晚不須嗟[4]。

註釋

1. 山城：指夷陵。今湖北宜昌。
2. 凍雷：春天的雷。
3. 物華：美好的景物。
4. 嗟：歎息，感歎。

春風啊，怎麼還吹不到夷陵這個地方啊？
已經是早春二月了，小小的山城，還沒有見到
有鮮花盛開。

冬天似乎沒有完全過去。殘雪遺留在橘樹上。去年採
摘後剩餘的少數橘子還沒脫落，掛在枝頭，從白雪中露出
鮮豔的橘紅色來。

春雷在大地響起，震驚了凍土，地下的竹筍開始蓄勢待
發，破土抽芽。夜晚，聽得見北歸的大雁的啼叫聲，引起了
我的思鄉之情。

帶病之身進入了新的一年。春天到來，即將百花齊
放，萬物萌發。我也被這欣欣向榮的氣象而深深感動。

曾在洛陽的我，賞玩過那裏的多種名花異草，
因而對山城遲來的自然野景也不需要歎息了。

這首詩抒發了作者怎樣的感情？

詩詞帶我讀

詩詞中的美景

　　詩人歐陽修，曾任洛陽西京留守推官，後被貶謫到峽州夷陵小城做縣令。

　　他心情難免抑鬱。小城地處偏僻地區，遠離了洛陽。早春時節，洛陽這個著名的花城，已經百花齊放，萬紫千紅，一派春意盎然了。

　　但夷陵小城，春風似乎還沒有光顧，依然處處荒涼，一朵鮮花也不見。詩人不禁思念起洛陽，感歎道：春風啊，你是不是嫌這裏太偏遠，不願意吹過來呢？怎麼二月了，這個山城還見不到鮮花盛開？

　　不僅春風不到，鮮花不開，而且去冬的殘雪還遺留在橘樹上。可以看見去年沒採摘的，仍掛在枝頭的星星點點的橘子。那麼的鮮紅剔透，映襯着白雪，格外的驚豔迷人。

　　聲聲春雷響徹大地，告訴人們春天就要降臨了。滾滾雷聲越過片片竹林，震驚了地面的凍土，那些隱藏於地下的竹筍，也為之一振，蓄勢待發，忙着要破土抽芽了。

　　夷陵雖小，也是橘鄉和竹鄉。春風吹來，春雨淅瀝，陽光明媚，萬物萌發的時候，橘樹會迅速地生出茂密的枝葉，秋天便會結出顆顆飽滿的橘子。竹林裏的竹筍也會爭先恐後地鑽出地面，很快就長成一根根蒼翠欲滴的竹子了。

　　美妙的夷陵之春已經吹響了早春的號角。

　　想到這裏，詩人心中充滿對春天欣欣向榮的氣象的渴望。深夜無眠

的詩人，聽得見空中北歸的大雁的聲聲啼叫。唉，大雁尚能北歸，自己卻只能滯留此地，實在不能不思念在洛陽的美好時光啊！為官多年，病身羸弱，就這樣帶病進入新的一年了。新年伊始，氣象一新。春之神的腳步，就要踏遍山城，這裏的山花也快盛放了。

曾經在洛陽賞玩過許多名花異草的詩人，心懷美好的憧憬，期待着春的來臨。只要春來，那麼，山城的自然野景就算遲了些，又有何妨呢？病軀、貶謫，都不能讓浪漫的、才華橫溢的詩人沮喪惆悵。他熱愛生命熱愛大自然的樂觀精神，就體現在這詩篇裏，不是嗎？

詩詞小知識

歐陽修，字永叔，號醉翁、六一居士，謚號文忠。籍貫吉州廬陵（今江西省吉安市），北宋時期文學家、史學家、政治家。他曾積極參與范仲淹所領導的「慶曆新政」政治改革。在文學方面，歐陽修名列「唐宋八大家」之一，是唐代韓愈、柳宗元所倡導的古文運動的繼承者及推動者，其散文風格平易自然，清新流暢，詩詞風格平易清新，所著兩部史書《新唐書》及《新五代史》列入二十四史。

金句學與用

春風疑不到天涯。

　　即便是偏僻的山城夷陵，也是會迎來春天的。但因為這裏春天來得晚，農曆二月都沒有春花開放，這個「疑」字就體現出了作者期盼春天到來的心情。更進一步，如果將春風比作希望和仕途順利的「東風」，詩人這句話就又包含了被貶謫之後的傷感情緒。中國古典詩詞的生動含蓄和意蘊深刻，這句詩便是很好的體現了。

生查子·元夕

宋　歐陽修

去年元夜[1]時，花市[2]燈如畫。

月上柳梢頭，人約黃昏後。

今年元夜時，月與燈依舊。

不見去年人，淚濕春衫[3]袖。

註釋

1. 元夜：元宵之夜。農曆正月十五為元宵節。自唐朝起有觀燈鬧夜的民間風俗。北宋時從十四到十六三天，開宵禁，遊燈街花市，通宵歌舞，盛況空前，也是年輕人相會的好機會。
2. 花市：民俗。每年春天舉行的賣花、賞花的集市。
3. 春衫：春天穿的衣衫，也有說法稱這指的是主人翁年輕時穿的衣服。

這首詩詞講甚麼？

　　去年的元宵節晚上，花市被燈光照得和白天一樣。月兒爬上柳樹梢的時候，我和相愛的人約好黃昏時分見面。今年又是元宵節，花市的燈光還是那麼明亮。去年的那個人見不到了。我相思的眼淚都濕了春衫的袖子。

讀完想一想！

　　這首詞與本系列前書收錄的唐詩《題都城南莊》中「去年今日此門中，人面桃花相映紅。人面不知何處去，桃花依舊笑春風」，分別以男女不同的視角描寫了離別失戀的情緒，試比較它們在描寫和情感抒發上有何異同。

詩詞中的美景

　　愛情是文學藝術永恆的主題。俊男美女相互傾心，是件愉快的事。但是情深處，往往是離別之時。離別之苦，難以言表，只好往肚子裏獨自吞嚥。

　　話說，有這麼一個少女，正是青春妙齡，對愛情無限嚮往，一往情深。

　　這一年的元宵節，月兒早早地升起來了。這個節日也是一年一度的花市熱鬧的時候。滿街掛着各種樣式的綵燈，照耀得花市如同白天一樣。買花的、賣花的、賞花的、逛燈的、賞月的，絡繹不絕。川流不息的人羣，形成一道繁華熱鬧的風景。大家都興奮歡笑着，個個喜氣洋洋，陶醉在節日的氛圍裏。

　　月亮升到柳樹梢頭，在那兒停留片刻，然後越升越高，越來越亮。萬里銀輝撒向大地，使人間披上朦朧又明麗的色彩。

　　姑娘男子，成雙成對地看燈賞花，然後悄悄地走到燈火闌珊處，親密地交談起來。

　　前面提到的那少女，形單影隻。她孤獨地站在一個角落裏，望着迷離的燈火出神。

　　她在想甚麼呢？她回憶起去年這個時候，也是元宵，也有花市，那燈光也如此明亮。

　　當月兒掛在柳梢，是她和相愛的人約好，在這裏見面的時刻。

　　那個黃昏，真的太美妙了。他倆相互依偎着，手拉手說笑着。在這兒的角落裏，他海誓山盟地對她訴說情意，綿綿不休。那時，她多麼幸福啊！

　　可是今天，只過去了一年，她再也見不到他了。海誓山盟成了空話，只留給她悲傷的記憶。少女望着升到中天的月亮，好大好圓的月亮啊！這麼美的夜晚，自己卻更加傷心，悲痛欲絕。

　　同樣的月，同樣的燈火，花市，同樣的柳枝飄飄，同樣柔和的黃昏，沒有了那個人，一切都變味了。幸福變成了不幸；陶醉變成了絕望；歡樂變成了失落。少女的心啊，已經破碎。她的眼淚滴滴下落，把春衫的袖子都打濕了。

詩詞小知識

今日大家雖然還在過元宵節，但假使元宵節遇上工作日，很多地方並不放假。不過在古代，元宵節是一個重要的節日。早在漢代就有一日假期，唐宋時期放假三至五天，清代亦是三至五日。明代元宵節放假時間最長，甚至從正月初八一直慶祝節日到正月十七。

在歐陽修生活的宋代，人們在元宵假期最喜愛的活動應該就是出門看燈。宋代綵燈製作的水平已經非常高，出現了玻璃燈、無骨花燈、機關活動燈等許多品種。還有規模極大的鰲山燈，燈體如同小山，模仿傳說中海上的仙島，上面不但有山石人物的花燈，還有真人在上面表演，連皇帝都忍不住出宮觀看。

宋代元宵節逛街賞燈是全民參與的活動，平時在家的女性也可以不受禮教束縛出門遊玩。這時候就是青年男女約會的大好時機。元宵節的這個特點賦予文學家們無限文學靈感，就連作品風格大多豪放的宋代著名詞人辛棄疾，也有一首細膩動人的詞描述元宵節的熱鬧與浪漫：

青玉案·元夕
宋　辛棄疾

東風夜放花千樹。
更吹落、星如雨。
寶馬雕車香滿路。
鳳簫聲動，玉壺光轉，一夜魚龍舞。

蛾兒雪柳黃金縷。
笑語盈盈暗香去。
眾裏尋他千百度。
驀然回首，那人卻在，燈火闌珊處。

金句學與用

月上柳梢頭，人約黃昏後。

　　這兩句詞簡潔淺白，寫出了元宵節夜晚活動開始的時間，以及主人翁與戀人約會的時候。後世也將這兩句話用在愛情故事的主人翁們相約見面的場合。

詩詞自己讀

雨霖鈴[1]・寒蟬悽切[2]

宋　柳永

寒蟬悽切，對長亭[3]晚，驟雨初歇。

都門帳飲無緒[4]，留戀處，蘭舟催發。

執手相看淚眼，竟無語凝噎[5]。

念去去[6]，千里煙波，暮靄沉沉楚天[7]闊。

註釋

1. 雨霖鈴：詞牌名。傳說是安史之亂期間唐玄宗入四川，在下雨天聽到屋簷下鈴聲響，想起楊貴妃而作。
2. 悽切：急促淒涼。
3. 長亭：古代道路邊每隔十里設有一個供人休息的長亭。距離城市比較近的長亭往往被當做送別的地方。
4. 都門帳飲無緒：在汴梁城大門外設帳飲酒餞別，卻沒有喝酒的情緒。

多情自古傷離別，更那堪[8]冷落清秋節！

今宵酒醒何處？楊柳岸，曉風殘月。

此去經年，應是良辰好景虛設。

便縱有千種風情，更與何人說？

5. 凝噎：哽咽說不出話的樣子。
6. 去去：去，離開。這裏重複文字是表達了強調路途之遠的意思。
7. 楚天：南方楚地的天空。
8. 那堪：哪裏能承受。

秋後的蟬叫得是那樣地淒涼而急促，傍晚剛停下一陣驟雨，我面對着送別的長亭，將要出發了。與送別的人在京城郊外設帳餞別，我卻沒有暢飲的心緒，正在依依不捨的時候，船上的人已催着出發。我與送別的人握着手互相瞧着，熱淚盈眶，千言萬語都噎在喉間說不出來。這一去千萬里路之外的楚地，煙波浩渺，暮色之下楚地的天空格外遼闊。

自古以來，多情的人最傷心的是離別，在寒冷蕭瑟的秋天告別，就更難以令人忍受了！我今夜酒醒時身在何處？怕是只有楊柳岸邊，面對冷冷晨風和黎明的殘月了。離別後常年不能相見，那麼那些美麗的景色對我都沒有意義了。心裏縱然有千萬種柔情，我又能向誰去傾吐呢？

這首詞營造了怎樣的一種氛圍？

詩詞中的美景

　　秋天，景物已經蕭瑟，而且天色已晚，暮色陰沉。在一陣急促的大雨之後，又聽到悽切的寒蟬聲。所見所聞，真是一片淒涼。

　　戀人在京城門外長亭擺下酒筵為詞人送別，然而離別在即，面對美酒佳餚，又有甚麼胃口和興致大快朵頤呢！詞人所有的思緒都專注於戀人身上，儘管他將搭乘的船已經催促他趕緊登船出發，卻還是捨不得放開戀人的手，兩個人眼淚汪汪，心裏有無數話要說，可是事到臨頭，又一個字也說不出來了。纏綿悱惻，離情脈脈，說的就是此時吧。詞人心裏想：去路茫茫，楚地雖然景色如畫，但在浩渺煙波下，人是多麼渺小啊，又怎能不因此感到孤單呢？

　　情感豐富的人傷離惜別，是自古皆然的。分別正當冷落淒涼的秋季，情景交融，就更比平時更讓人感傷了。詞人想像自己旅途中酒醒夢回，只看見曉風吹拂柳枝，殘月高掛柳梢，景色幽靜卻是無盡的憂傷。與戀人離別以後，那些良辰佳節，外地美景一個人度過，一個人看，完全體會不到樂趣。而詞人滿腔的柔情思緒，也找不到可通心意的人訴說了。

柳永（約 984 年－1053 年），原名三變，字景莊，後改名柳永，字耆卿，因排行第七，又稱柳七，北宋詞人，婉約派代表人物。柳永出身官宦世家，但科舉不第，於是將精力投入到撰寫詞章上。他是第一位對宋詞進行全面革新的詞人，也是兩宋詞壇上創用詞調最多的詞人。柳永大力創作慢詞，充分運用俚詞俗語，以通俗意象、白描加鋪敍等創新，對宋詞的發展產生了深遠影響。

柳永的《雨霖鈴》是他的代表作，也是婉約派宋詞的代表作之一，在宋金之際非常流行。曾經有這樣一則傳說：豪放派宋詞的代表蘇軾問一個善於歌唱詞的幕僚：「我的詞和柳永的詞比起來怎麼樣？」幕僚回答：「柳永的詞，適合十七八歲姑娘，拿着紅牙板，唱『楊柳岸，曉風殘月』；蘇學士您的詞，則要找個關西大漢，拿着銅琵琶鐵綽板，唱『大江東去』才適合。」蘇軾聽了大笑。這則故事說明，宋代的時候，人們已經對婉約派和豪放派詞不同的藝術風格有了鮮明的認識。

金句學與用

今宵酒醒何處，楊柳岸，曉風殘月。

詞人想像他出發後旅途中酒醒夢回，只看見曉風吹拂楊柳，殘月高掛柳梢。與本篇上闋一望無際的暮靄楚天比，「楊柳岸，曉風殘月」短短七個字的畫面並不蒼茫壯闊，卻頓時由景生情，不提作者一個字的情緒，卻成功描摹出了孤獨、淒清、感傷的氣氛。

卜算子[1]・我住長江頭

宋　李之儀

我住長江頭，君住長江尾。

日日思君不見君，共飲長江水。

此水幾時休[2]，此恨何時已[3]。

只願君心似我心，定不負相思意。

註釋

1. 卜算子：詞牌名。據說原意為算命占卜的人。
2. 休：停止，指水不再流動。
3. 已：結束，停止。指情思終止。

　　我住在長江的上游，你住在長江的下游。

　　每天思念你，卻見不到你啊。我倆都飲用着這一江之水。

　　長江之水何時乾涸枯竭了，我的這份怨恨才會終止。

　　只希望你的心像我的心一樣，我倆都不辜負彼此相思的這份心意。

　　「長江水」這個意象，在本詞中起到了怎樣的作用呢？

詩詞中的美景

　　自古愛情這個亙古不變的話題，總是詩人詞家詠歎不歇的源泉。

　　詞中的主人翁彷彿在向情人述說：我住在長江上游啊，你住在長江下游。同住一江之濱，卻千里之隔啊，遙遙相望。每天都想念你啊，每天總見不到你。長江之水悠悠不絕，好似你我綿綿的思念。

　　我在上游飲用着長江水。你在下游也飲用着長江水。你我雖然相隔那麼遠，思念那麼苦，我與君共飲一江水，總算還有了些安慰。

　　我的情意比那山高，比那海深。哪怕是千重山、萬道水來相隔，也割不斷我對郎君的深厚感情。但是因為見不到你，這條萬里長的江水有多長，我的怨恨就有多深。長江甚麼時候乾涸枯竭了，我的怨恨就消停了。

　　既然這樣，江水不會枯竭，我的思念也永不會消歇。既然同住一江之濱，卻一個江頭，一個江尾。那麼，距離的阻隔不可逾越，心靈卻是可以相通的。

　　惟願你的心和我的一樣，雖離恨別愁無盡期，摯愛的情感卻可以天長地久，縱使天高地厚，也無法阻隔。就讓我倆心意相投，情思綿綿，永不變心，不辜負相互之間的愛情吧。

　　李之儀，北宋詞人。字端叔，自號姑溪居士、姑溪老農。著有《姑溪詞》一卷、《姑溪居士前集》五十卷和《姑溪題跋》二卷。

　　「卜算子」是北宋頗受歡迎的詞牌，上下闋通常44字，採用「5575」句式。有人說這個名字來自街頭巷尾占卜的人唱的小曲，也有人傳說它源於唐代詩人駱賓王寫詩喜歡用數字取名的典故。北宋一代，以《卜算子》詞牌填出的名作眾多，這個詞牌也因為其中的金句，有了「百尺樓」「眉峯碧」「楚天遙」等別名。

金句學與用

只願君心似我心，定不負相思意。

　　主人翁的感情就像長江水一般永不枯竭，因此希望思念的人也有同樣的心意。前文中寫到地理空間的阻隔導致了互相思念的憂鬱，這裏一轉情緒，昇華了感情，從「恨」變成了遙寄永恆的情思，給人藝術上的享受。本詞的這兩句，也成為戀人表達心意的名句。

浣溪沙・
一曲新詞酒一杯

宋　晏殊

一曲新詞酒一杯，去年天氣舊亭台[1]。
夕陽西下幾時回？
無可奈何[2]花落去，似曾相識燕歸來。
小園香徑[3]獨徘徊。

註釋

1. 去年天氣舊亭台：如今的天氣和看見的亭台都和去年一樣。
2. 無可奈何：沒有辦法，不得已。
3. 小園香徑：散發着花朵幽香的園中小徑。

飲着一杯酒，聽着一首新歌，心情頗愉悅。想起去年這時候，我也是在這裏的亭台樓閣中。

面對夕陽西下，感喟時光流轉，人生易逝。太陽明朝會再次升起，逝去的韶光卻不可再回來啊！鮮花紛紛落，誰也沒有辦法留住春光。

然而，美好的事物也有重現的時候。看那翩飛的燕子又歸巢，好像就是我熟悉的去年的燕子。

人生的種種啊，究竟是怎樣的一回事呢？我思索沉思，獨自在長滿鮮花、散發着幽香的小路上來回地走着。

本詞中哪些語句體現了作者傷感時光易逝的感情？

詩詞帶我讀

詩詞中的美景

　　「對酒當歌，人生幾何！譬如朝露，去日苦多。」曹操多年前就在《短歌行》裏詠歎了人生的短暫。這首詞的作者晏殊以優美的詞語、婉轉的比喻，訴說了同樣的話題。

　　他飲着一杯甘醇的美酒，聽歌女唱着一曲新詞譜寫的歌。仍舊是去年今日一般的暮春天氣，還是在這個樓台亭閣之上。

　　時間地點都沒有變化，然而時光已逝去了一年。不再是昨日重現。真是：年年歲歲花相似，歲歲年年人不同啊。

　　花兒落了，明年春天可以再度開放。草兒黃了，明年春來能夠再次返青。時光過了一年，人就老了一歲。

　　春將盡，眼看着鮮花一朵朵地遭受風吹雨打，紛紛落下。縱然再惋惜，又有甚麼法子呢？無可奈何呀！

　　花兒凋謝，春光即逝，時光匆匆流去，也都是自然規律，無法挽留的。可是人世間，有時也會有美好的事物。比如，看那歸來的燕子，就像是去年此時在這兒飛來飛去的那幾隻，那麼熟悉。

　　這條鋪滿鮮花的小路芳香四溢。晏殊獨自在這小路上徘徊思索，心中沉思。

晏殊（991年－1055年），字同叔，撫州臨川文港鄉（今南昌進賢縣）人，北宋前期政治家，婉約派詞人。與歐陽修並稱「晏歐」，他是著名詞人晏幾道的父親，因此父子二人亦有「大小晏」之稱。有詞集《珠玉詞》流傳。

政壇上的晏殊有賢相的名聲，但他的詞卻和他的政治風格截然不同。晏殊開創了北宋婉約詞風，被稱為「北宋倚聲家之初祖」，他的詞閒雅清婉，工於詞句，內容多是宴飲遊賞，男女情愫，有富貴氣象。晏殊的學生歐陽修曾在《歸田錄》中提到老師的一則軼事：「晏元獻公喜評詩，嘗曰：『老覺腰金重，慵便枕玉涼』，未是富貴語，不如『笙歌歸院落，燈火下樓台』，此善言富貴者也。人皆以為知言。」

金句學與用

無可奈何花落去，似曾相識燕歸來。

這兩句詞蘊含着某種生活的哲理：美好的事物必然會消逝，但在消逝的同時，又不斷有新生事物的出現，其中也會蘊含着逝去事物的一些特點。

詩詞自己讀

水調歌頭·明月幾時有

宋　蘇軾

丙辰中秋，歡飲達旦，大醉，作此篇，兼懷子由[1]。

明月幾時有？把酒[2]問青天。

不知天上宮闕[3]，今夕是何年。

註釋

1. 子由：蘇軾的弟弟蘇轍的字。
2. 把酒：端着酒杯。
3. 天上宮闕：月中宮殿。闕，古代城牆後的石台。

我欲乘風歸去，又恐瓊樓玉宇，高處不勝[4]寒。

起舞弄清影，何似在人間？

轉朱閣，低綺戶，照無眠。

不應有恨，何事長向別時圓？

人有悲歡離合，月有陰晴圓缺，此事古難全。

但願人長久，千里共嬋娟[5]。

4. 不勝：承受不住。
5. 嬋娟：月亮。

這首詩詞講甚麼？

丙辰中秋，高高興興地飲酒，大醉。作了這首詞，一來詠月，二來也懷念弟弟蘇轍。

明月啊，你是甚麼時候開始俯臨人間的呢？我手拿酒杯，舉頭望月，這樣叩問蒼天。不知道天上的廣寒宮，今天的夜晚，是哪一年呢？

我很想隨風飄舉，去到天上觀看一番，又恐怕那裏美玉砌成的樓宇，位於高高的天上，難免寒冷逼人。不如起身，伴着清澈的月光，賞玩自己明淨的影子，在人間欣賞這輪明月吧。

月光轉過華麗的朱紅色樓閣，低低地照在華美的窗戶上，照射着屋內沒有安睡的人們。

明月啊，你對人世間沒有甚麼怨恨吧，那為甚麼總是在人們離別的時候才這麼圓呢？人間有悲歡離合，月亮有陰晴圓缺，這是自古以來就如此的，不可能沒有的遺憾。

惟願親人友朋健康長壽，縱然相隔千里，也能於中秋之夜，一起欣賞這美好的月亮吧。

讀完想一想！

「但願人長久，千里共嬋娟」，「海內存知己，天涯若比鄰」，在現今的科技條件下，達到上述詩詞描寫的願景已經不難，那麼這類詩詞中所蘊含的情感，是否會因應時代發展而有所變化呢？嘗試說說你的體會。

詩詞中的美景

　　中秋，是個甚麼樣的節日？它是大自然賞賜給人類最美好的禮物，一年之中最美麗的夜晚。

　　你看，黃昏後，月亮由地平線升起。看到它時，它已經掛在柳樹梢頭，或是升到山峯峯頂，或是懸浮於江面之上了。這會使人想起這樣的詩句：「月上柳梢頭，人約黃昏後。」「明月出天山，蒼茫雲海間。」「而或長煙一空，皓月千里，浮光躍金，靜影沉璧。」

　　光是詠歎月亮的詩詞，自古以來就數不勝數。每一首都是優美的絕唱。蘇軾的這首《水調歌頭》便是其中之一。

　　明月啊，不知何時你誕生於這茫茫天地間。月中的廣寒宮現在又是甚麼年月？

　　中秋來臨了，一年裏今晚月亮最迷人。連大詞人蘇軾都忍不住要飲酒狂歡到天亮，豪興大發，做了這首千古絕唱，來抒發他對月亮的禮讚和對親人的思念。

　　他手持酒杯，舉頭望月，心中感慨萬千。但見彩雲追月，月兒穿越於雲中。然後一輪又大又圓的滿月，金光燦燦地慢慢地越升越高。

　　月兒開始俯視人間，將銀輝傾瀉下來。天宇清澈，大地明淨，好一個明亮的夜晚！

　　這麼美的人世，全憑月亮所賜。此時此刻，天上的廣寒宮裏，也熱

鬧非凡，好似正舉行着盛大空前的狂歡。不然，月亮怎麼那麼美麗，月光怎麼那麼明亮呢？

天上仙境的宮殿裏，今夜是哪一年呢？

詞人真想乘風飄舉，到那月中去觀賞遊樂一番，又恐怕那美玉築成的樓宇，實在太高了，難免寒冷逼人。

乾脆，還是在人間輕輕起舞，伴着清朗的月光，欣賞自己的影子吧。

只見那月兒慢慢地升到中天了。月光一瀉千里，轉過華麗的樓閣，低低地射在漂亮的窗戶上，照進屋裏。那屋裏的人啊，哪裏安睡得了呢？

月兒啊，你對人世間沒有甚麼怨恨吧？那為甚麼，你總是在親人離別之時，才如此的又大又圓呢？

人世間，人人都有痛苦歡樂，家家都有生死別離。月兒也有缺憾的日子，陰雲密佈就隱身，晴朗的夜裏才現身。有時滿月，有時弦月。人間有悲歡離合，月兒有陰晴圓缺，這是千萬年來都難以圓滿的事啊！

既然月兒不能夜夜都圓，人間不能事事美滿，那就只有一個願望：但願親人友朋健康常在，雖相隔千里之遙，也能共賞一輪明月，這樣來寄託心裏的思念吧。

詩詞小知識

　　蘇軾寫下《水調歌頭》時，是宋神宗熙寧九年（1076 年），當時在密州任職。兩年前的宋神宗熙寧七年（1074 年），蘇軾在杭州的任期屆滿，來到了密州（今天山東境內）。他去密州，是為了離弟弟任官的濟南近一些，自動向朝廷要求的。雖然蘇軾如願以償，但他在當地管理的是軍事事務，不算徹底發揮自身才能，而且親友亦難以見面，蘇軾獨處時，難免產生寂寥傷感的情緒。不過他本人心境豁達，氣魄豪邁，常常能夠自我開解。蘇軾身在密州的情感，也反映在包括《水調歌頭》在內的三首密州時期撰寫的詞上。在此列出另兩首，做擴展閱讀：

江城子·乙卯正月二十日夜記夢

十年生死兩茫茫，不思量，自難忘。千里孤墳，無處話淒涼。縱使相逢應不識，塵滿面，鬢如霜。

夜來幽夢忽還鄉，小軒窗，正梳妝。相顧無言，惟有淚千行。料得年年腸斷處，明月夜，短松崗。

江城子·密州出獵

老夫聊發少年狂，左牽黃，右擎蒼。錦帽貂裘，千騎捲平岡。為報傾城隨太守，親射虎，看孫郎。

酒酣胸膽尚開張，鬢微霜，又何妨。持節雲中，何日遣馮唐？會挽雕弓如滿月，西北望，射天狼。

金句學與用

但願人長久，千里共嬋娟。

　　希望自己掛念的人平安長久，這樣不管相隔多遠，都可以一起仰望皎潔的明月，就好像在一起團圓了。這著名的兩句話，現在常用於表達對遠方親人的思念之情以及美好祝願。

念奴嬌·赤壁懷古

宋　蘇軾

大江東去，浪淘盡，千古風流人物。

故壘[1]西邊，人道是，三國周郎[2]赤壁。

亂石穿空，驚濤拍岸，捲起千堆雪。

江山如畫，一時多少豪傑。

註釋

1. 故壘：歷史遺留下來的營壘。
2. 周郎：指三國時吳國名將周瑜，字公瑾，少年得志，二十四歲為中郎將，掌管東吳重兵，吳中皆呼為「周郎」。

遙想公瑾當年，小喬初嫁了，雄姿英發。

羽扇綸巾[3]，談笑間，檣櫓[4] 灰飛煙滅。

故國神遊，多情應笑我，早生華髮。

人生如夢，一尊還酹江月[5]。

3. 羽扇綸巾：古代儒將的便裝打扮。羽扇，羽毛製成的扇子；綸巾，青絲製成的頭巾。
4. 檣櫓：曹操的水軍戰船。檣，桅杆。櫓，搖船的槳。
5. 一尊還酹江月：尊，通「樽」，這裏指酒杯。古人祭奠時把酒澆在地上，這裏作者把酒倒進江水，表達自己懷念歷史，嚮往昔日英雄的情感。

長江啊，自古以來浩浩蕩蕩奔流不息。多少英雄人物，也像這巨浪滔滔，千古風流盡付東流。

據說，三國周瑜與曹操鏖戰的戰場赤壁，就在舊營壘的西邊。

那一堆堆的陡峭石壁，錯落尖聳，彷彿直插雲天。激越駭人的浪濤拍擊着江岸的堅石，激起浪花，好像千堆萬堆白雪團團飛揚旋轉。

壯麗的江山如同一幅神奇美麗的圖畫。其中誕生了多少名垂史冊的英雄豪傑啊！

想想遙遠的當年，風流倜儻的周瑜，正當年輕，風采出眾，胸襟廣闊。絕代佳人小喬又嫁給了他。那真是英姿勃發，英俊瀟灑，一表人才，美女英雄，前途無量啊！

周瑜手執羽扇，頭戴綸巾，說說笑笑間，就把敵軍的戰船火燒得灰飛煙滅了。

今日我站在赤壁當年的陣地上，神思馳想着當時的人物和兩軍對峙的情景，如此的感觸萬端，自己都笑自己太多情善感，怪不得早早地便長出白髮了呢？

人生如同一場大夢，還是灑一杯酒，祭奠江上的明月吧。

你能講述這首詞背後的歷史故事嗎？

讀完想一想！

詩詞中的美景

　　長江啊，自古以來浩浩蕩蕩奔流不息，歷經了多少朝代，目睹了幾多英雄豪傑。大浪洶湧奔騰，多少英雄人物，也隨着這滔天巨浪盡付東流，了無痕跡了。

　　當作者獨立於長江之岸，腳踏稱為赤壁的古戰場時，心情激動，思緒萬千。遙想着八百多年前，周瑜以弱勝強，用計火攻曹操的戰船，大獲全勝的情景。正如宋代詩人戴復古的《赤壁》中所描繪的：「千載周公瑾，如其在目前。英風揮羽扇，烈火破樓船。」

　　看吧，那散亂的山崖列於江岸。一堆堆的陡峭石壁，錯落尖聳，彷彿直插雲天。激越駭人的浪濤拍擊着江岸的堅石，發出轟鳴的聲音，就像響雷陣陣。激起浪花，好像千堆萬堆白雪團團飛揚旋轉。

　　這麼雄偉的陣勢，這麼奇險的境地，作者不由得浮想聯翩，彷彿正神遊古戰場，周瑜青春得志和曹操沮喪的樣子就在眼前。

　　錦繡河山、壯麗多姿，那是英雄輩出的年代！引無數英雄競折腰：曹操、孫權、諸葛亮、周瑜⋯⋯

　　尤其那周瑜，青年才俊，便娶了佳人小喬，青春得意，躊躇滿懷，壯志凌雲，名傳史冊。

　　作者念及此，低下頭來，望着一江之水，想到自己縱有報國之志，卻屢遭貶謫，無報國之日，心中難免義憤填膺。

　　今日作者站在赤壁當年的陣地上，神思馳想着當時的人物和兩軍對

崤的情景，如此的感觸萬端，自己都笑自己太多情善感，怪不得早早地便長出一頭白髮了呢！

人生一世，就是一場大夢，諸事不能遂願，無可奈何，無可奈何！

還不如拿一杯酒，祭奠一下江中的明月吧！

詩詞小知識

蘇軾造訪赤壁，不但寫下這篇千古流傳的《念奴嬌‧赤壁懷古》，還有前後兩篇《赤壁賦》。這時蘇軾因為「烏台詩案」被貶謫到黃州，處於一生中最坎坷的階段。與《念奴嬌》的宏闊曠達，撫今追昔對比，兩篇《赤壁賦》通過月夜泛舟，剖析蘇軾內心的矛盾，針對人生無常提出自己的見解，具有一定的哲學思考，體現了蘇軾在低谷期的宇宙觀與人生觀。而且兩賦文辭優美，景物描寫絕妙，典故佳句迭出，是列入《古文觀止》的千古名篇。在此附上《前赤壁賦》全文，供擴展閱讀。

前赤壁賦

　　壬戌之秋，七月既望，蘇子與客泛舟遊於赤壁之下。清風徐來，水波不興。舉酒屬客，誦明月之詩，歌窈窕之章。少焉，月出於東山之上，徘徊於斗牛之間。白露橫江，水光接天。縱一葦之所如，凌萬頃之茫然。浩浩乎如馮虛御風，而不知其所止；飄飄乎如遺世獨立，羽化而登仙。

　　於是飲酒樂甚，扣舷而歌之。歌曰：「桂棹兮蘭槳，擊空明兮溯流光。渺渺兮予懷，望美人兮天一方。」客有吹洞簫者，倚歌而和之。其聲嗚嗚然，如怨如慕，如泣如訴；餘音裊裊，不絕如縷。舞幽壑之潛蛟，泣孤舟之嫠婦。

　　蘇子愀然，正襟危坐，而問客曰：「何為其然也？」客曰：「『月明星稀，烏鵲南飛。』此非曹孟德之詩乎？西望夏口，東望武昌，山川相繆，鬱乎蒼蒼，此非孟德之困於周郎者乎？方其破荊州，下江陵，順流而東也，舳艫千里，旌旗蔽空，釃酒臨江，橫槊賦詩，固一世之雄也，而今安在哉？況吾與子漁樵於江渚之上，侶魚蝦而友麋鹿，駕一葉之扁舟，舉匏尊以相屬。寄蜉蝣於天地，渺滄海之一粟。哀吾生之須臾，羨長江之無窮。挾飛仙以遨遊，抱明月而長終。知不可乎驟得，託遺響於悲風。」

　　蘇子曰：「客亦知夫水與月乎？逝者如斯，而未嘗往也；盈虛者如彼，而卒莫消長也。蓋將自其變者而觀之，則天地曾不能以一瞬；自其不變者而觀之，則物與我皆無盡也，而又何羨乎！且夫天地之間，物各有主，苟非吾之所有，雖一毫而莫取。惟江上之清風，與山間之明月，耳得之而為聲，目遇之而成色，取之無禁，用之不竭。是造物者之無盡藏也，而吾與子之所共適。」

　　客喜而笑，洗盞更酌。肴核既盡，杯盤狼藉。相與枕藉乎舟中，不知東方之既白。

金句學與用

大江東去，浪淘盡，千古風流人物。

 胡仔《苕溪漁隱叢話》評論：「東坡『大江東去』赤壁詞，語意高妙，真古今絕唱。」本句位於開篇，起首便有指點江山，縱覽歷史的豪闊英雄氣概，提升了全詞整體的氣氛與格調。

滿江紅‧怒髮衝冠

宋　岳飛

怒髮衝冠，憑欄處、瀟瀟雨歇。

抬望眼，仰天長嘯，壯懷激烈。

三十功名塵與土[1]，八千里路雲和月。

莫等閒[2]，白了少年頭，空悲切！

註釋

1. 三十功名塵與土：作者稱自己年已三十，得到的功名就像塵土不值一提。三十在這裏是虛指，指年紀已長。
2. 等閒：隨便、輕易荒廢時光。

靖康恥[3]，猶未雪。

臣子恨，何時滅！

駕長車，踏破賀蘭山[4]缺。

壯志飢餐胡虜肉，笑談渴飲匈奴血。

待從頭、收拾舊山河，朝天闕[5]。

3. 靖康恥：宋欽宗靖康二年（1127年），金兵攻陷汴京，擄走徽、欽二帝，北宋滅亡。
4. 賀蘭山：賀蘭山脈位於今天寧夏回族自治區與內蒙古自治區交界處。這裏當時被金兵佔領。
5. 胡虜：秦漢時稱匈奴為胡虜，後來則為中原敵對的北方部族之通稱。這裏指的是滅亡北宋，擄走兩位皇帝的金人。
6. 朝天闕：朝見皇帝。天闕：皇帝生活的地方。

這首詩詞講甚麼？

　　我獨自登樓，依靠着欄杆，心中的憤怒，不可遏制，頭髮都直立了起來。又急又猛的大雨剛剛停歇。抬起頭放眼望去，不禁仰天大聲呼叫，雄心壯志滿胸懷！三十歲了，功名業績建立得太微薄，簡直就如同塵土一樣。也曾南征北戰幾千里，歷經多少雲和月啊！千萬不能無所事事地打發寶貴時間，等到頭髮都白了，到那時再有深深的悲痛，也沒有用了。

　　靖康之恥到如今還沒有洗雪。作為臣子，心裏的憤恨甚麼時候才能消除呢？待我駕着戰車，去把那賀蘭山踏平。餓了，則食敵軍的肉。渴了，就飲敵人的血。等光復舊日河山，再回去把捷報上報到朝廷。

讀完想一想！

　　作者在這首詞中，通過哪幾個層面的敍述表達了自己報效國家，收復故土的願望？

詩詞中的美景

　　南宋愛國名將岳飛，擅長詩文，能文能武。此首詞即為千古傳頌的愛國詞篇。

　　他母親激勵他，在他後背上刺字：精忠報國。

　　他自小便存有遠大的愛國志向，立志要報效祖國，為國雪恥。

　　這一日，他獨自登上高樓，依靠着欄杆，想起金人總是侵擾邊境，燒殺搶掠，無惡不作，心中怒氣便直沖雲天。他對敵人充滿仇恨，以至於頭髮都直立了起來，似乎要把帽子都頂掉了。

　　一場又急又猛的大雨剛剛停歇。岳飛抬起頭，用那雙炯炯有神的眼睛向遠方望去。他看到了祖國的大好河山，那般的雄偉壯麗。雨後，天空頓時晴朗起來，變得藍藍的。晴空下，遠山近水絢爛多彩，無比美麗。此時，他不禁覺得，清風明月本無價，近水遠山皆有情。

　　他心中湧起無比的愛國情思。

　　壯志凌雲，氣吞山河的英雄氣概充滿了內心。於是他仰頭望天，長長地歎一口氣，感到深深的遺憾。

　　他想着：我已經三十歲了，建功立業的志向尚未實現多少。雖有些業績，也只能算得與塵土一般，十分微薄。我已經南征北戰，與雲和月相伴相隨了八千里之遙。

　　可我仍需努力收復河山，徹底將金人打敗。萬不可隨便蹉跎了青春，到了白髮叢生的時候，一切都已晚了，後悔悲痛，又有甚麼法子呢？

　　靖康之恥，尚未能洗雪，更何況還有金人待我去戰勝。作為國家的臣子，我的這份憤恨啊，甚麼時候能消除呢？

　　唉，也罷！重振旗鼓，收拾山河！等我駕着戰車，威風凜凜地穿越賀蘭山，一路廝殺過去。將士們餓了，就食胡虜的肉。渴了，就飲胡虜的血。這樣我踏平了敵軍，殺他個片甲不留，打得他們落荒而逃，再也不敢侵犯我邊境了。那時候，我就會將捷報傳遞給朝廷，報告這個大好的振奮人心的消息。

　　等那個時刻到來，不僅舉國上下歡呼雀躍，我自己也會歡欣愉悅，終於保家衛國，不負母親大人的諄諄教誨，也不枉為男子漢來這世上一遭了。

　　這首詞，深刻地表達了岳飛精忠報國的迫切心情，直抒胸臆，體現出愛國志士的浩然正氣，以及無限愛國的博大胸懷。

　　真是千古絕唱，萬世流芳。岳飛的名字也早已載入史冊，成為後人代代尊崇的英雄了。

　　岳飛（1103年－1142年），字鵬舉，相州湯陰（今河南省安陽市湯陰縣）人，宋朝抗金名將，又有「民族英雄」稱號。官至少保、樞密副使，封武昌郡開國公。岳飛是南宋初年收復北方，與金作戰的「中興四將」之一。元修《宋史》記載：女真人（金人）讚歎岳飛與其率領的岳家軍：「撼山易，撼岳家軍難。」但由於宋高宗為首的南宋朝廷消極防禦，偏安投降，於是在紹興和議期間，岳飛被秦檜等人誣陷，以「莫須有」的罪名被殺。後來宋孝宗為其平反，追諡武穆，後追贈太師、追封鄂王，改諡忠武，故後人稱呼岳武穆、武穆王、岳忠武王。現在在中國各地，都有岳廟紀念岳飛。

金句學與用

莫等閒，白了少年頭，空悲切。

　　這幾句話好似脫胎於「少壯不努力，老大徒傷悲」。既是岳飛本人抓緊時間報效國家的自我勉勵，也是對過去和現在的眾多讀者珍惜時光，抓緊青春學習奮鬥，不要到老一事無成而後悔的激勵與勸誡。

賀新郎・送胡邦衡待制[1]

宋　張元幹

夢繞神州路[2]。

悵秋風，連營畫角[3]，故宮離黍[4]。

底事崑崙傾砥柱，九地黃流亂注[5]？

聚萬落千村狐兔[6]。

天意從來高難問，況人情老易悲難訴！

更南浦[7]，送君去。

涼生岸柳催殘暑。

耿斜河[8]，疏星淡月，斷雲微度。

萬里江山知何處？回首對牀夜語[9]。

雁不到，書成誰與？

目盡青天懷今古，肯兒曹恩怨相爾汝[10]？

舉大白[11]，聽金縷。

6. 狐兔：某地人煙稀少村落荒廢，因此原本的房屋裏面有狐狸和兔子出沒。這裏即
   是比喻金兵侵佔中原以後北方村落蕭條，人煙稀少的景象。
7. 南浦：南邊的水畔，通常用來指代送別的地方。
8. 耿斜河：耿即光明的意思。斜河即銀河。
9. 對牀夜語：指親密的朋友夜間睡在一起談話。
10. 兒曹恩怨相爾汝：像小兒女那樣關切彼此的瑣碎感情與恩怨。
11. 大白：酒杯。

這首詩詞講甚麼？

我輩夢魂一直縈繞着未復的中原。蕭蕭秋風中一方面軍營中畫角之聲連綿不斷，一方面令我想起被攻佔的北宋京城汴梁。究竟是為甚麼，使中原人民遭受北宋滅亡，如同崑崙山天柱崩塌，黃河砥柱傾翻，河水氾濫這樣天塌地陷的亡國痛苦？又因何使衣冠禮樂的文明樂土，變成蕭條荒涼狐兔出沒的慘境！皇帝心意難測，人間又無知己，只得胡公您一人同在福州，而今又要送您別去，此情能向誰傾訴！

我與您餞別，目送您離去直到柳枝隨風吹飄起，產生一絲涼氣。直到銀河斜轉，只見天上的星兒一眨一眨地出現，雲兒飄浮。分別以後相距萬里，真不知您身在何處啊！想像過去那樣形影不離共吐心事，已經是不可能了！大雁南飛到不了您被貶謫的地方，我給您的書信又該怎麼寄到您手裏呢？我輩都是胸襟廣闊，心懷天下之人，豈肯像小兒女那樣只對彼此的恩恩怨怨關心？於是我也只好舉起酒杯，聽一聽給您寫的這首詞了。

讀完想一想！

作者在這首詞中使用了眾多的典故，請問這麼寫有甚麼好處？

詩詞中的美景

　　以往我們閱讀送別的詩詞，作者大多關注的是與朋友離別，以及自己和友人身世仕途的浮浮沉沉，可是張元幹此番送別，卻結合時事與個人感情，還有着沉痛的歷史背景。

　　就在這首詞寫成的十餘年前，北宋滅亡，《清明上河圖》中繁華美麗的城市遭到戰亂破壞，中原人民平靜的生活一去不復返，村落荒無人煙，野獸出沒，實在是慘不忍睹！詞人在夢中見到中原，實在憂傷不已。

　　南渡的南宋大臣文人中，有一些像詞人與他的朋友胡銓的人，支持李綱等人北伐收復故土的計劃，但朝廷中上至宋高宗，下到秦檜等權臣，則傾向於偏安一隅，和金人議和投降，並且大肆打壓主戰派。最後，心懷報國之情的一對友人，一個要被流放到連大雁都飛不到的遙遠嶺南，一個亦壯志難酬。山長水遠，難以聯繫，過去夜間睡在一起暢談心中所想的美好日子都成為過去。國事茫茫，人事也茫茫，如何不令人感到傷感呢！

　　但不管怎麼說，詞人和友人都是豁達開朗，高瞻遠矚的人。於是他們在星河燦爛，涼風微雲的時刻，垂柳依依的水邊道別，彼此勉勵要繼續報效國家，不屈服，不頹喪，不要像小兒女那樣哭哭啼啼眷戀私情。臨別之際，一杯酒，一首詞，意蘊皆在其中了。

詩詞小知識

　　張元幹（1091年－1170年），字仲宗，福建人，自號蘆川居士、真隱山人，南宋初期詞人。他在北宋末期入仕，南渡以後反對投降和談，得罪了秦檜一系，遭到罷職流放。

　　張元幹的作品集有《蘆川詞》，至今保存下來的詞作有一百八十多首。他在北宋末年就因詞聞名，但他早年風格清麗委婉，直到北宋滅亡南渡，張元幹的詞才走向豪放詞的方向，慷慨悲涼，豪邁雄健，詞句中體現希望收復故土的抱負。南宋時期，張元幹承前啟後，繼承了蘇軾開創的豪放派的詞風，使詞的內容更緊密地與現實與個人奮鬥實踐結合，對後來辛棄疾等很多優秀詞人都起了重要的影響。

金句學與用

天意從來高難問，
況人情老易悲難訴。

　　清代名臣兼文學家紀昀（紀曉嵐）讚美這首《賀新郎》「慷慨悲涼，數百年後尚想其抑塞磊落之氣」。這兩句從歷史典故和舊事中轉向現實，從夢中描摹中原故土轉向抒發自身感情，承上啟下，氣勢悲壯蒼涼，在結構和藝術表現上都非常突出。

如夢令‧
昨夜雨疏風驟

宋　李清照

昨夜雨疏風驟[1]，濃睡不消殘酒[2]。
試問捲簾人[3]，卻道海棠依舊。
知否，知否？應是綠肥紅瘦[4]。

註釋

1. 雨疏風驟：雨疏狂，風急猛。
2. 濃睡不消殘酒：雖然酣睡一夜，醒來仍有尚未消散的酒意。
3. 捲簾人：指侍女。
4. 綠肥紅瘦：指雨後海棠綠葉繁茂，紅花凋零。

這首詩詞講甚麼？

昨夜又是風，又是雨。雨疏狂，風又急又猛。作者飲酒後沉酣地睡了一夜。醒來還覺得餘醉沒有完全消解。

雖則躺臥着不起，心裏卻擔心一夜的風雨過後，院裏的花兒是否受侵擾了？

侍女正在開戶捲簾，作者便忙問她：「海棠怎樣了？」

侍女匆匆往外望了一眼，便回答：「那海棠花沒有甚麼變化，還是那樣啊！」

作者不由得笑了，說：「你知道嗎？應該是綠葉更多，紅花見少啦！」

讀完想一想！

1. 這首詞中出現了對話推進內容的形式，請問這有怎樣的藝術效果？

2. 試着分析本詞表現出作者怎樣的情思。

詩詞中的美景

　　千古第一才女李清照，婉約詞派佼佼者。寫出這首膾炙人口的小令，曲折動人，韻味十足。

　　詞人多情，「東籬把酒黃昏後，有暗香盈袖」是她溫柔的胸懷。「生當作人傑，死亦為鬼雄」是她豪放的氣概。

　　她愛自然愛花草。她住所的小院中，種有諸多花草林木，還有她最喜愛的幾株海棠依傍着窗戶。

　　有一日夜晚來臨之前，突然陰雲漫漫，落起了雨颳起了風。那雨甚是疏狂，那風又急又猛。

　　風雨交集，吹打着院裏的花花草草和海棠樹。只見花草低頭，海棠搖搖擺擺。正是春天大好時光，偏偏天公不作美，花木怎禁得如此的風雨飄搖呢？見此情景，李清照心中滿懷的愁緒，唯恐花兒落、草兒黃，風雨過後一片殘敗景致。

　　可是又能怎麼辦呢？誰能與天公較量呢？於是她飲了不少酒，就鬱悶不安地睡下了。因為飲了酒，她睡得很濃。但夢中依然隱約地感覺到了窗外的風飄雨落，一夜未停。

　　天光亮了，拂曉之時，風停了，雨歇了。小院恢復了安寧。詞人醒來，但覺餘醉未消，因而擁被未起。

　　她擔心那些花草的命運，如此狂烈的風和雨，它們怎麼樣了啊？

　　這時，侍女已經在收拾屋子，開戶捲簾了。李清照於是急忙問道：「昨晚一夜風雨，那海棠花如何了？」侍女一邊捲簾，一邊往外面匆匆望了一眼，就回答說：「沒事呀！海棠還是那樣。」

　　李清照雖未能到院裏仔細地觀察一番，卻心中有數。她知道，那嬌豔的海棠花一定受摧折了。於是，她笑了笑，說道：「唉，你呀，你怎麼就不知道，那海棠，應該是綠葉更茂盛，紅花更凋零了。」

　　難道是春將盡了麼？不是的。不過雨水滋潤，綠葉更肥厚。風雨吹打，花兒易落罷了。

　　自古以來，若非擁有超羣的才華，精妙的心懷，神奇的感知和構思，浪漫的素養，誰能短短六句，就寫出這樣一篇有情有景、有人物、有曲折韻味的詞來呢？

　　唯有李清照而已。惜春歎春、愛花惜花到難以入寐，也是詞家的特質吧！

李清照（1084 年－1155 年），北宋齊州（今山東省濟南市）人，為中國歷史上最著名的女詞人，是婉約派的代表人物之一。自號易安居士，與辛棄疾（辛幼安）並稱「濟南二安」；又因其詞有「新來瘦，非干病酒，不是悲秋」（《鳳凰台上憶吹簫》），「知否？知否？應是綠肥紅瘦」（《如夢令》），「莫道不銷魂。簾捲西風，人比黃花瘦」（《醉花陰》）三句，故人稱「李三瘦」。著有《易安居士文集》7 卷，《易安詞》8 卷，皆佚散。現有《漱玉詞》的輯本，存其作約五十首。

金句學與用

知否，知否？應是綠肥紅瘦。

這傳神的對白寫出了傷春人複雜的心緒，無論理解為作者和侍女的對話，還是自言自語，都頗有韻味。「綠肥紅瘦」一詞更是精準絕妙，兩種顏色和兩種狀態的對比，令人印象深刻，鮮明地在腦海中展現出春夏交替時節的景象。這種巧妙煉字，極富概括性和畫面性的語言，值得所有寫作者參考。

山坡羊・潼關懷古

元　張養浩

峯巒如聚[1]，波濤如怒[2]，山河表裏[3]潼關路。

望西都，意躊躇[4]。

傷心秦漢經行處[5]，宮闕萬間都做了土。

興，百姓苦；亡，百姓苦！

註釋

1. 峯巒如聚：形容層巒疊嶂，山峯聚集。聚，聚攏；包圍。
2. 波濤如怒：形容潼關附近黃河波濤的洶湧澎湃。怒，指波濤洶湧。
3. 山河表裏：指潼關外有大河，內踞叢山，形成險峻之勢。表裏，即內外，這裏有相輔相依之意。
4. 躊躇：心裏猶豫，心事重重，此處形容作者看潼關景色心中感慨，陷入沉思，表示心裏不平靜。
5. 經行處：經過的地方，指秦漢故都遺址。

潼關附近山峯聚集，黃河的波濤如同發怒一般吼叫着。這個關隘內接華山，外連黃河，地勢十分險要。遠望西邊的長安，我不禁感慨萬千。令人傷心的是曾經是秦漢宮殿的遺址，昔日的千萬間宮闕如今都只剩下一片黃土。一個封建王朝興起的時候，黎民百姓要受苦受難；等到王朝滅亡天下大亂，黎民百姓更是受苦受難。

你贊同作者在這首曲中表達的歷史觀點嗎？為甚麼？

詩詞帶我讀

詩詞中的美景

　　《水經注》載：「河在關內南流潼激關山，因謂之潼關。」它始建於東漢建安元年（196年），是關中東大門，自秦以來為兵家必爭之地。因此每逢改朝換代，這一帶都免不了戰火紛飛。

　　作者途經潼關，看到潼關位於重重疊疊的山巒包圍之中，關外黃河之水奔騰澎湃，滔滔水聲千古不絕。從這雄偉的景象聯想到秦漢以來千軍萬馬在此征戰，強盛一時的王朝煙消雲散，只留下殘垣斷壁供後人憑弔，不禁感慨萬千。

　　在潼關西望，可以看見數朝古都長安。可是無論是強秦還是盛唐，昔日的奢華早已灰飛煙滅不復存，當年遮天蔽日，雄偉壯觀的阿房宮化作焦土無跡可尋；八方來朝，壯麗繁華的大明宮只剩廢墟。改朝換代的劇變已經令人感慨，而一想到這期間會經歷多少殘酷的戰爭，作者便更加驚心了。在昔日帝國的宮闕與繁華凝聚的是天下百姓的血汗，歷史上無論哪一個封建朝代，它興起了，統治者必定大興土木，修建奢華的宮殿，搜刮民脂民膏，令人民負擔沉重；一個朝代滅亡了，在戰爭中遭殃，流離失所的也是人民。

　　於是作者不禁感歎，表達出他對百姓疾苦深切的同情：無論王朝興亡，受苦的都是百姓啊！

從這一篇開始，我們接觸到一種新的中國古典文學體裁——元曲。元曲是盛行於元代的戲曲藝術，為散曲和雜劇的合稱。在文學史上，元曲與唐詩、宋詞、漢賦有相近的地位。

曲同詞的體式相近，但一般在字數定格外可加襯字，較為自由，並多使用口語。本篇屬於散曲的類型，元散曲主要有小令和套曲兩種形式，本篇《山坡羊》即屬於短小精悍的小令。從元曲的風格來看，文人的寫作風格類似於宋詞，比較典雅，民間作品則貼近普通人生活，語言俚俗。

金句學與用

興，百姓苦；亡，百姓苦！

傳統的懷古詩，很容易流於感歎時光流逝，物是人非，一切皆空的俗套，那樣表達的只是文人階層狹隘的思古幽情。但張養浩的這首小令通過最後這幾句話的人文關懷，拔高了全篇的思想境界，體現出作者對普羅大眾的深切關注與同情。

詩詞自己讀

（正宮）[1]
端正好 · 碧雲天

元　王實甫

碧雲天，黃花地，
西風緊，北雁南飛。
曉來誰染霜林醉[2]？
總是離人[3]淚。

註釋

1. 正宮：這是元曲宮調中的一種，規定了演唱時的曲調。
2. 霜林醉：深秋經霜後的林子裏，樹葉的顏色就像人喝醉了酒的面色那樣是紅色的。
3. 離人：離別的人。

　　碧藍如洗、飄着白雲的天空，秋日黃花開放的大地，西風猛烈地吹着，空中大雁從北往南飛。為甚麼早晨樹林中的葉子紅得像喝醉酒的人臉一樣？這都是離別之人哭出的血一般的眼淚染成的啊！

　　在本系列的書中，我們已經讀到不少送別的詩、詞、曲作品。可以試着比較一下，這些作品中親人、朋友、官場同事與戀人之間的離別，在意象選擇、主人翁感情、作品立意和告別之辭等方面有甚麼異同。

詩詞帶我讀

詩詞中的美景

　　這支曲子的情節，表現的是《西廂記》中崔鶯鶯送別戀人張生的場景。

　　宰相千金崔鶯鶯和窮書生張生相愛，鶯鶯的母親嫌棄張生門第低微，不顧之前的諾言，逼張生上京趕考，不取得功名就不能和鶯鶯結婚。於是崔鶯鶯只好送他上路，兩人在十里長亭告別。

　　這時候兩個年輕人已經心心相印，但被長輩阻撓不得不分開，心裏的痛苦可想而知。這時正值深秋，天高雲淡，滿地菊花盛開，看上去是多麼美麗的景色。但是，冷酷的西風吹得如此猛烈，老夫人的命令如此無情，張生不得不離開戀人，像大雁南飛那樣遠行。崔鶯鶯見到秋霜染紅了樹林，但這番美景她無心欣賞，因為在她看來，令樹葉變紅的不是秋霜，而是離人帶着血的眼淚啊！張生這一去不知何時才能見面，鶯鶯心中不禁暗暗祈禱，希望有情人終成眷屬！

王實甫（1260 年以前－約 1336 年），名德信，字實甫，以字行，大都（今北京）人，元代雜劇（元曲）作家。是中國著名劇作《西廂記》（又稱《崔鶯鶯待月西廂記》）的作者。

元代記載著名元曲作家生平的《錄鬼簿》把他列入「前輩已死名公才人」而位於關漢卿之後，可以推知王實甫是與關漢卿基本同時而略晚的人。賈仲明在追悼他的《凌波仙》詞中提到有關他的情況：「風月營密匝匝列旌旗，鶯花寨明颩颩排劍戟。翠紅鄉雄赳赳施謀智。作詞章，風韻美，士林中等輩伏低。」從中可以看出王實甫與藝伎、民間藝人、教坊中人關係密切，並從中得到許多靈感。

本篇《端正好·碧雲天》選自王實甫的《西廂記》雜劇。元雜劇的《西廂記》靈感來自於唐代詩人元稹的《鶯鶯傳／會真記》，並結合金代董解元修改了唐人故事結局，再配以樂器伴奏說唱的《西廂記諸宮調》，改編成多人演出的戲劇劇本，大為流行，後人稱其為元代最佳的雜劇。《西廂記》流傳之廣，其中的原創人物「紅娘」在後世成為了成人之美的媒人與介紹人的代名詞，甚至《紅樓夢》中亦有這部雜劇的台詞出現。王實甫的《西廂記》劇情曲折，善於通過唱詞的獨白塑造身份不同的人物，又善於描摹景物，醞釀氣氛，襯托人物的內心活動。此外，《西廂記》打破過去元雜劇獨唱的模式，在台詞中既化用古詩詞優美的詞句（比如本篇中「碧雲天，黃花地」化用范仲淹《蘇幕遮》詞的「碧雲天，黃葉地」；「都是離人淚」化用蘇軾《水龍吟》詞「點點是，離人淚」），也提煉民間生動活潑的口語，文辭優美，具有很高的藝術價值。而其宣揚青年男女突破封建禮教阻撓自由相愛，「願天下有情人終成眷屬」的內容，也具有進步的意義。

金句學與用

曉來誰染霜林醉，都是離人淚。

　　經霜的樹木是秋天常見的景物，但「染」和「醉」二字，極有特色。它們體現了秋葉的色彩，還將個人的心理投射到自然的變化上，讓離別之人眼淚漣漣，心痛如滴血的情態若在眼前。

天淨沙·秋思

元　馬致遠

枯藤老樹昏鴉[1]，小橋流水人家，
古道西風瘦馬。
夕陽西下，斷腸人[2]在天涯。

註釋

1. 昏鴉：黃昏時的烏鴉。
2. 斷腸人：非常傷心難過的人。這裏指四處漂泊，心中憂傷的旅人。

這首詩詞講甚麼？

　　乾枯的藤蔓纏繞着古樹的枝幹。傍晚，歸巢的烏鴉站立在樹枝上，淒涼地叫着。

　　一條小河，一座小橋，不遠處，幾戶農家。

　　古老的道路上，西風吹拂。一匹羸弱的瘦馬，行走在蕭瑟的秋風夕陽殘照裏。

　　一個流浪的遊子，心已碎，腸已斷，就這樣漫無目的地走着，天涯獨行，不知目的地在哪裏。

讀完想一想！

　　試從本篇旅人的角度，將本篇改寫為一個故事。

詩詞中的美景

　　有這樣的一幅圖畫：幽靜荒僻的鄉野。近處：藤、樹、鴉。遠處：橋、河、人家。一個天涯流浪的遊子，手牽一匹瘦馬，漫無目的地流浪着。

　　甚麼樣的環境造就一個人遠離家鄉，獨自顛沛流離呢？他的內心有多悽苦，誰能知道，誰能訴說得清楚？

　　馬致遠這位散曲作家，僅用 28 個字的小令，就給我們畫出了這樣的一幅圖畫，淋漓盡致地描述出夕陽西下，斷腸人漂泊無依的心境來。

　　請看，天色已晚，西邊的日頭就要落山了。四周空寂無聲。眼前古老的樹上，枯萎的藤蔓纏繞着古樹樹幹，直達枝條。彎彎曲曲，古樹配枯藤，顯得古典而優雅，但無不透露出絲絲淒涼之感。

　　一羣黑黝黝的烏鴉，陸續地飛過來，彷彿是夜幕即將降臨，影響了牠們的情緒，於是邊呱呱地叫着，邊落在了樹枝上。然後，更加淒慘地大聲聒噪了起來。

　　一座小橋，橫跨一條小河。河水潺潺，發出動人的美妙的聲響，向前奔流着。不遠處，坐落着幾戶農家的茅舍。此刻正炊煙裊裊。農人回到家中，家人正預備晚餐。依稀可見還有幾位農夫，肩扛農具，正疲憊不堪地往家裏走去。

　　畢竟這是人煙啊！多少使人想起家的溫馨，那雖簡樸卻熱氣騰騰的飯食！

　　古老的道路，通向極遠的遠方，像是要與天際相連。蕭瑟的秋風從西方吹過來，瑟瑟寒意襲人。秋天來了，一日比一日寒冷了。人們該備好秋裝，抵禦寒冷，甚而迎接冬的來臨了。

　　夕陽西下的秋風裏，一匹羸弱的馬，骨瘦如柴，被主人牽着，一步一顛地艱難地移動着。

　　這位遊子，流浪漢，為何遠離故土，一個人獨自行走在如此荒涼空曠的野外呢？

　　我們只能猜測，他是被殘酷無情的社會拋棄了，為生計不得不奔波的可憐的人。他從哪裏來？又要哪裏去？他今晚的安歇之處在哪兒？他明日又要去哪兒？

　　也許他自己都不知道，無法預料。

　　他只有手牽瘦馬，和馬兒不離不棄地往前走啊走，過一天算一天吧。

　　這首秋思詞，既是一幅淒涼絕美的村野畫圖，又是一個浪跡天涯孤苦無依的旅人的寫照。

馬致遠（1255 年－1321 年），字千里，號東籬，大都人，元代初期雜劇作家，人稱「曲狀元」、「馬神仙」。與關漢卿、白樸和鄭光祖並稱「元曲四大家」。他在散曲上的成就，為元代翹楚，有後人輯錄的《東籬樂府》流傳。其中《天淨沙·秋思》尤為著名，被稱作「秋思之祖」。他的雜劇作品，則以講述王昭君故事的《漢宮秋／破幽夢孤雁漢宮秋》最為出眾著名。

金句學與用

夕陽西下，斷腸人在天涯。

這句極其淺白自然，通過在前面連續運用眾多意象，白描出一幅蕭瑟孤獨的秋景作為鋪墊，簡單明瞭地說出人的悲秋之思，羈旅之苦。《人間詞話》讚賞它「寥寥數語，深得唐人絕句妙境」。

責任編輯　楊歌
封面設計　鄧佩儀
排版　　　鄧佩儀
印務　　　劉漢舉

詩詞之美
帶你讀

王濤　策劃　　王榤嫻　編著

③

出版｜中華教育

香港北角英皇道 499 號北角工業大廈 1 樓 B 室

電話：(852) 2137 2338　　傳真：(852) 2713 8202

電子郵件：info@chunghwabook.com.hk

網址：http://www.chunghwabook.com.hk

發行｜香港聯合書刊物流有限公司

香港新界荃灣德士古道 220-248 號　　荃灣工業中心 16 樓

電話：(852) 2150 2100　　傳真：(852) 2407 3062

電子郵件：info@suplogistics.com.hk

印刷｜美雅印刷製本有限公司

香港觀塘榮業街 6 號海濱工業大廈 4 字樓 A 室

版次｜2022 年 6 月第 1 版第 1 次印刷

©2022 中華教育

規格｜16 開（230mm x 170mm）

ISBN｜978-988-8807-47-5